독자님, 이렇게 책으로 만나뵙게 되어 영광입니다.
블로그, SNS, 유튜브 등에 이 책을 읽은 리뷰를 남겨주시면
큰 힘이 됩니다.
리뷰에는 사진을 찍어 올려주시면 더욱 감사합니다♡
동영상으로 촬영하셔도 됩니다.
독자님의 따뜻한 감상평은 독서의 시간을 더욱 아름답게 할 것입니다.
앞으로도 더 좋은 책으로 만나뵙겠습니다.

쓰면 이루어진다

쓰면 이루어진다

초판 1쇄 발행 ⏐ 2020년 9월 29일

지은이 ⏐ 오인환
펴낸이 ⏐ 김지연
펴낸곳 ⏐ 생각의빛

주소 ⏐ 경기도 파주시 한빛로 70 515-501

출판등록 ⏐ 2018년 8월 6일 제 406-2018-000094호

ISBN ⏐ 979-11-90082-68-6 (03810)

원고 투고 ⏐ sangkac@nate.com

* 값 13,200원

* 생각의빛은 삶의 감동을 이끌어내는 진솔한 책을 발간하
고 있습니다. 참신한 원고가 준비되셨다면 망설이지 마시고
연락주세요.
이 도서의 국립중앙도서관 출판예정도서목록(CIP)은 서지
정보유통지원시스템 홈페이지(http://seoji.nl.go.kr)와 국가
자료종합목록 구축시스템(http://kolis-net.nl.go.kr)에서 이
용하실 수 있습니다. (CIP제어번호 : CIP2020038203)

쓰면 이루어진다

오인환 지음

생각의빛

글쓰기, 누가 할 수 있는가?

역사는 현재를 이해하는 매우 좋은 분야다. 갑작스럽게 역사에 대해 언급하여 당황스러울 수도 있다. 하지만 언어와 역사는 떼려야 뗄 수 없는 관계다. 언어를 이해하기 위해 언어의 역사인 '어원'을 이해해야 한다.

어원은 단어의 뿌리다. 뿌리란 식물의 가장 밑동으로 단단하게 땅속에 묻혀 줄기를 지탱하고 수분과 양분을 빨아올리는 기관이다. 이처럼 어원은 현 단어의 탄생 배경을 이해하고 다른 가지를 뻗어 내게 돕는다.

'어이가 없다.'라는 말이 있다. 여기서 '어이'는 맷돌 손잡이가 어원이다. 사소한 손잡이 때문에 맷돌조차 사용할 수 없는 황당한 상황에서 사용한다.

매의 주인을 알기 위해 붙여 놓은 일종의 꼬리표 '시치미'는 이름표를 떼어 놓고 자기의 매라고 우기는 상황에서 사용한다. 이는 '시치미 떼다'의 어원이다.

단어의 어원은 우리가 단어의 본뜻을 이해하고 확장 사용하는 데 큰 도움을 준다. 의미를 무지(無知)하고 남발하던 언어는 그 깊이의 도전에 맞닥뜨린다. 깊지 않은 표현력은 의사소통의 장애를 낳는다.

국민 대부분이 글을 읽을 수 있다는 대한민국의 실질 문맹률은 세계적으로 매우 낮다. 이를 아는 사람은 많지 않다. OECD의 '국제 성인 문해 조사' 결과에 따르면 대한민국의 실질 문맹률은 75% 수준으로 OECD 22개국 중 최하위로 나타났다. 여기서 '실질 문맹률'이란 글을 단순하게 읽는 능력이 아니라 문자를 해독할 수 없는 사람의 비율을 말한다.

따라서 자랑스러운 '한글'이라는 도구를 이용하여 많은 사람이 글을 단순히 읽을 수 있을 뿐, 그 글이 말하고자 하는 바를 이해하는 사람은 극히 드물다.

　'2019년 국민 독서 실태 조사'에 따르면 성인의 종이책 연간 독서량은 6.1권으로 조사됐다. 전 국민이 책을 읽지 않는 사회에서 당연히 문해력의 부재는 커뮤니케이션의 장애로 이어진다.

　반대로 이야기하자면 문해력을 가지고 있는 사람은 상대적 소수에 포함된다. 사회 속에서 그 소수는 사람들이 전하고 받는 수많은 정보의 혜택을 얻는다.

　국가에서 시행하는 간단한 정책의 공문조차 타인의 해석이 없이 스스로 이해할 수 없는 사람들이 대다수인 국가에서 남들보다 앞서 나가는 가장 확실한 방법은 읽고 쓸 줄 아는 일이다.

　문해력 향상의 뒷받침에는 '어원'의 이해가 필연적이다. 이해를 통해 얻어지는 사고와 의식의 확장은 인류가 수만 년 동안 언어를 기득권층의 소유물로 두고 싶었던 역사를 증명한다.

　그렇다면, 최초의 '글'의 탄생은 어떻게 시작했을까?

　현대적 작가의 의미처럼 '작가'는 직업을 의미하지 않는다.

적어도 독자와 작가는 '돈벌이'보다 '관계'를 이르는 말이었다.

기원전 3,000년 경 수메르인들은 자신들의 밀 수확량을 기록해야 했다. 그런 이유로 젖은 점토 위에 갈대로 점과 선을 그어 넣었다. 단순한 인간이 그 행위가 문자의 시초이다. 시작한 것이 그 문자의 시초이다. 그들이 남겨놓은 문자는 수천 년이 지나 지금도 전해지고 있다.

이렇듯 농업 생산물의 폭발적 확장은 인간의 뇌가 수용할 수 있는 범위의 정보를 크게 벗어났다. 그런 정보의 확대는 인간의 뇌를 보조할 도구가 필요하였으며 그런 용도로 발명된 '문자'는 지배층이 피지배층을 구속하는데 사용되는 전유물이 되었다.

앞서 언급한 쐐기 문자로는 노예의 수나 곡물, 물고기 등을 기록하는 회계상의 기록이었다. 회계는 특정의 경제적 실체에 대해서 이해관계를 가진 사람들에게 합리적인 의사결정을 할 수 있도록 제공하는 재무 정보이다. 즉, 다시 말하여 어떤 이해관계에 대한 의사결정에 참여하기 위해서 문자를 아는 것은 필수요소였다.

최초의 문명 발달은 농업혁명으로부터 시작하였다. '농업'
은 혈연을 벗어나 타인들과 이해관계를 가지며 공동체를 이
루게 했다. 그러한 무작위적 공동체를 하나로 결속시키기 위
해서는 이익 분할의 투명성이 필요했다. 기록은 다가올 우기
를 잊지 않고 대비하게 해주고 가뭄과 홍수에 대해 준비를 하
게 해주었다. 나이 든 노인의 지혜를 그 노인이 사망한 후에
도 후손에게 넘길 수 있는 좋은 방식이었다.

그 선구자들의 비결이 전달되며 글을 읽을 수 있는 자만이
얻을 수 있는 정보와 부의 불균형이 이어졌다.

더 오랜 세월을 뒤로 넘어가면, 동굴 속에서 손이나 도구로
기록한 흔적들도 찾아볼 수 있다. 페인트나 그림물감의 원료
로 쓰이는 황토를 오커(ochre)라고 한다. 이 오커로 만든 가장
오래된 그림이 발견되었다. 이는 5만 1800년 전에 그린 것으
로 보르네오 섬 동쪽 칼리만탄 지역에 있는 루방 제리지 살레
이 동굴(Lubang Jeriji Saleh Cave)에서 발견되었다. 이 벽화에
는 야생 가축 그림들과 손바닥 자국들이 있다. 그들은 주변에
서 쉽게 구할 수 있는 나무나 돌과 같은 도구로 혹은 손가락
으로 그들이 남긴다. 이는 보는 사람들에게 수많은 생각이 들

게 하는 한 폭의 작품들과도 같다.

지금 우리의 주변에는 그들 주변의 나뭇가지나 돌만큼이나 쉽게 펜과 종이를 구할 수 있다. 그들이 투박한 돌덩이를 두 손 가득 잡고 벽을 긁어 대는 행위에 비해 좀 더 고상하게 글을 쓸 수도 있다. 더 명확하고 더 간단하게 쓸 수 있다. 심지어 컴퓨터에서 타이핑만으로 생각의 속도를 넘어설 정도의 글을 써 내려갈 수도 있다.

기원전 1,152년 고대 이집트에서는 노동자 무리가 파업을 시작했다. 그들은 파라오 무덤을 만들던 목수나 석공 혹은 건축가들과 같이 국가에서 고용된 전문 기술 인력들이었다. 기록에는 "람세스 3세 재위 29년에 홍수기의 두 번째 달, 10번째 날. 장인들이 5개의 감시탑을 지났고, 그들이 '우리는 굶주리고 있소. 벌써 이달 급여일이 18일이나 지났소.'라고 이야기한 뒤에 투르모스 3세 신전의 안쪽에 앉았다. 그리고 그들은 그곳에서 하룻밤을 보냈다."라고 기록했다.

이러한 기록들이 없다면 우리가 고대인들의 삶을 이해하는 데 많은 어려움을 겪을 것이다. 좋은 역사서들이 많지만 나는 그 역사서 중에서 '중요한 역사'만 다루는 역사서를 좋아하지 않는다.

수양제의 100만 대군이 고구려로 진격했다는 이야기에서 우리는 이 사건을 수양제의 이야기로만 알고 있다. 100만 대군이 모두 글을 알고 기록할 수 있었다면 살수대첩의 이야기는 더욱 생동감 있는 역사로 남았을 것이다. 100만 명이 각 고향에서 가족과 함께 지내던 추억부터 징병의 과정과 전쟁을 바라보는 일개 졸병의 모습들, 분대장들의 입장들 그 모든 100만 개의 이야기가 아무런 흔적 없이 사라졌다.

지금, 이 순간에도 세상에는 기록됐으면 하는 좋은 이야기들이 많다. 나이가 지긋하신 어른들의 연애 이야기나 철저하게 실패한 사업가의 반성문 혹은 좋은 기회를 놓친 젊은이의 일기, 나쁜 일을 저지른 사람들의 수감생활에서 기재한 자기변명들······.

사실 시간이 흐르고 우리가 살아가는 이 시대가 역사가 될 때쯤에는 모든 것들이 문학이 되고 역사가 될 것이다. 나이가 많은 어른들이 이야기가 듣고 싶다. 아버지는 농사 경력이 30년이 되셨다. 아버지께 나는 농사에 관련한 책을 집필하시길 권해드렸다. 가끔 식사하실 때마다 흘러나오는 아버지의 경험과 능력은 아버지께서 입을 닫고 계시는 동안에는 세상 밖으로 흘러나오지 않는다. 세상 밖으로 흘러나와도, 주변인들에게 전파되고 마는 식이다. 이런 경험과 능력이 잊히는 것이 매우 유감이다. 조만간 아버지의 농사 비결을 정리하여 또 다른 책을 집필할 계획이다.

쌍둥이를 키우는 부인의 이야기, 해외 이곳저곳을 다니며 사회생활을 하셨던 장인어른의 이야기, 젊은 시절 도매에서 옷을 떼어 파셨다는 어머니의 이야기 등. 로또 복권에 2등에 당첨된 사람의 이야기, 군대에서 축구시합을 했던 이야기, 조기 축구 동호회에 관한 이야기 등 사소하다고 생각되는 많은 이야기가 궁금하다. 이렇게 많은 사람의 이야기가 글과 책으로 나옴으로써 우리는 이 복잡한 세상을 이해하는 통로 하나를 얻는다.

우리가 잘 알고 있는 헨드릭 하멜은 회사 업무차 일본을 방문하던 중 난파된 배에서 기적적으로 새로운 동양의 국가에 가게 된다. 십 수년간, 체류하며 얻은 기억의 기록은 우리가 잘 알고 있는 '하멜표류기'가 되어 지금도 우리에게 소중한 자산으로 남겨져 있다.

1600년대의 조선을 가감 없이 있는 그대로 볼 수 있는 그의 기록은 그저 일상경험의 기록일 뿐이다. 작가의 의도가 어찌 됐든 독자는 그 한 권의 책에 수만 가지의 의미를 부여한다.

지금도 많은 사람에게 책을 쓰기를 추천한다. 그때마다 자기는 쓸 이야기가 없다던 주변은 지금은 때가 아니라고 둘러대곤 한다. 하지만 흘러가 버리고 나면 사라져버리는 '지금'의 이야기가 매우 중요한 기록이다.

책을 읽는 방법

책은 될 수 있으면 소장한다. 다시 볼 가치가 있을 때는 무조건 소장한다. 이는 내킬 때마다 원하는 장면을 돌려 볼 수 있게 한다. 중요한 곳을 접을 수도 있고 밑줄을 칠 수도 있다.

우리나라 최고의 보컬로 알려진 가수 '나얼'은 음악을 내려받지 않는다. 그는 앨범이나 LP처럼 만질 수 있는 품목을 소장한다. 음악이나 영상, 글은 디지털화되어 무형화되기 쉽다. 손으로 만질 수 있는 실체일 때 느끼는 가치는 실체가 없을 때의 가치와 다르다는 게 그가 밝힌 이유다.

나는 전자책을 사용한다. 인터넷에서 서점에서 제공하는 정기회원제를 이용한다. 하지만 전자책을 전적으로 신뢰하지 않는다. 전자책은 만질 수도 없고 자녀에게 흔적을 물려줄 수도 없다. 우연히 서재를 구경하다 문득 꽂혀 있는 제목을 볼 수도 없다. 휙 넘기면서 훑을 수도 없다. 더군다나, 다시 폈을 때 귀신과 같이 흔적이 없다. 언제나처럼 새것이다. 내 것이라는 소유욕을 충족시키지 못한다. 이는 나와 어떠한 시공간을 함께하지 않은 무형의 산물일 뿐이다. 어두운 밤에 아이를 재우고 책을 볼 수 없을 때, 가볍게 외출해야 할 때, 누군가에게 내가 읽는 책의 정보를 노출되고 싶지 않을 때, 돈을 주고 사기 아까운 책일 때만 전자책을 사용한다. 전자책을 활용하다 보니 소장 가치가 없는 책들을 고르게 된다. 그러다 보니 내가 선택하는 책들의 질이 좋지 못하게 된다는 결과를 얻었다.

유학 시절, 나는 몇 개의 DVD를 소장하고 있었다. 어떤 날은 괜히 '포레스트 검프'라는 영화를 보고 싶은 날이 있다. 어떤 날은 '타이타닉'을 보고 싶은 날도 있다. 그럴 때, 그 영화를 보면 몰입감도 좋고 관련 호기심도 훨씬 더 많이 자극된다. 영화를 한 번에 다 볼 때도 있지만 원하는 장면만 보기도 한다. 이 영화를 봤다가 저 영화를 봤다가 하기도 한다. 처음에는 산만한 사람이라고 쉽게 생각할 수 있다. 하지만, 사람의 마음은 의식의 흐름을 타고 흘러간다. 그 흐름을 타고 흘러가다 보면 어느덧 한 시점에 빠진다.

책을 읽을 때 한 번에 한 권 만 읽지 않는다. 한 번에 읽는 책이 꽤 많다. 책을 읽을 때, 그 책이 소설인지, 자기계발서인지, 인문학인지, 역사인지에 따라 책을 읽을 시간과 장소가 정해둔다. 아침에 출근을 앞두고 머리를 말릴 때는 자기계발서를 본다. 머리를 말리면서는 거울보다 책에 눈을 더 많이 둔다. 북 스탠드로 펼쳐져 있는 곳에 앉아 머리를 말릴 때마다 가볍게 하루를 준비할 수 있는 자기계발서를 읽는다.

화장실에서는 짧은 이야깃거리를 본다. 너무 긴 소설을 읽거나 어려운 책을 읽게 되면 화장실 이용시간이 길어지게 된다. 그런 이유로 짧은 이야깃거리를 본다. 자기 전에는 역사나 인문학처럼 깊게 생각할 수 있는 책들을 본다. 하루를 마무리하고 현실을 떠나 오래된 역사 이야기나 인문학(코스모스, 총균쇠, 사피엔스 등) 관련된 서적들을 읽으면 나의 고단한 하루의 스트레스가 얼마나 작은 티끌 같은지를 알게 된다. 외출 시에는 전자책 하나와 책 서너 개를 무조건 들고 다닌다. 언제 갑자기 어떤 걸 보고 싶은 감정이 생길지 모르기 때문이다.

집중해서 오랜 시간 책을 읽을 시간이 확보됐을 때는 소설을 본다. 아무래도 소설은 나눠서 읽는 것보다 한 번에 진도가 많이 나가야 흥미가 끊이지 않는다. 전자책을 볼 때는 핸드폰 애플리케이션으로 내려받아 둔다. 장거리 운전 시에는 오디오 북으로 그 책을 읽을 수 있다.

어떤 강박 때문에 책을 한 권 시작하면 끝을 내야 하거나 한 번에 한 권만 읽어야 하는 생각을 했던 적도 있었다. 하지만 가장 읽고 싶은 적기에 책을 펴서 서너 장이라도 읽는 것이 더욱 좋다. 오랫동안 진도가 나가지 않는 책들도 있다. 한 달이 지나도록 손을 다시 읽지 않는 것도 있다. 어쨌거나 남들에 비해 한 장의 페이지라도 넘어가고 있다는 사실을 명심하자.

한 번에 읽는 책은 세어보지는 않았지만 대략 6~7권 정도는 되는 것 같다. 따라서 일주일 동안 한 권도 못 읽다가 하루에 3권의 마지막 장을 덮는 날도 있다. 누가 무슨 책을 읽고 있냐고 물어볼 때는 쉽사리 대답 못 할 때도 있다. 그럴 때면, 최근 가장 기억에 남는 책을 읽고 있다고 대답하기도 한다.

글을 읽다 보면 누군가는 메모해가며 읽으라는 사람도 있고 또 누군가는 밑줄을 쳐가면서 읽으라는 사람들도 있다. 그것이 마치 제대로 된 독서 방법이라고 이야기하는 사람들도 있다. 하지만 그렇지 않다. 밑줄을 치기도 하고 낙서를 하면서 읽는 책도 있지만, 항상 내 몸에 형광판이나 펜이 있는 것도 아니다. 걸어가면서 읽을 수도 있다. 무언가를 먹으면서 읽을 수도 있다. 이 때문에 그 어떠한 강박에서 벗어나는 것이 중요하다. 필요하면 밑줄도 그을 수 있고 낙서도 할 수 있지만, 오직 그것만이 정답은 아니다.

웬만해서는 중고 책보다는 새 책으로 사고자 한다. 그것은 소유할 수 있는 실재인가의 문제이기도 하고 그것이 나와 공유할 시간의 흔적을 갖기 때문이다.

내가 읽고 서재에 넣어둔 책은 누군가가 읽기도 한다. 따라서 나는 내 지인이나 아이에게 읽었으면 좋을 것 같은 책들을 먼저 스스로 읽어둔다. 그리고 서재에 넣어둔다. 이것은 10년이 넘고 20년이 넘어서 아이들이 나와 같은 생각을 하고 같은 상식을 가진 공동체가 되게 해줄 것이라고 믿는다.

한 달에 책을 40~50만 원가량 구매하는 것 같다. 정확하지는 않지만 YES24에서 가장 구매를 많이 하고 동네 서점이나 이마트에서도 가끔 구매한다. 그렇게 구매하는 곳이 산발적이기 때문에 얼마만큼의 책을 구매하는지는 알 수 없다. 다만 이렇게 많이 사다 보니 나의 서재에는 내가 읽은 책만큼이나 읽지 못한 책들도 많다.

누군가는 사 놓은 책도 안 읽었는데 자꾸 새 책을 사느냐고 물어볼 수도 있다. 하지만 나는 대답할 수 있다.

'어느 배가 많이 고픈 날이나 출출한 날에 냉장고 문을 열었을 때, 이미 먹은 음식만 있다면 얼마나 속상할까?'

어느 시간이 천천히 가는 주말, 나의 서재 즉, 냉장고 문을 열면, 나의 냉장고에는 맛있는 음식이 가득 담겨 있다. 나의 서재에 서서 '오늘은 뭘 먹을까?' 고민하는 재미를 위해 항상 내가 좋아할 만한 읽지 않은 책들을 쌓아둔다.

부자가 되려고 책을 읽는 것이 아니다, 무엇을 배우기 위해서 훌륭한 사람이 되고자 읽는 것도 아니다. 아이의 교육을 위해 읽는 것도 아니다. 나는 다른 이유에서 읽는다. 책을 읽을 때, 나는 시공간을 초월한다. '드라이'라는 소설을 읽을 때는, 미국의 한 도시에서 인류 종말을 함께 체험했고, '사피엔스'를 읽을 때는 작가가 이끌어주는 리드에 따라 인류의 시작과 현재까지의 흐름을 함께 타고 왔다. 키스 휴스턴의 '책의 책'을 읽을 때는 동서양을 오가며 인쇄와 책에 관련한 시간과 공간 그리고 그곳에서의 사람들을 함께 만난다. 우리는 남들보다 우월해지기 위해 부자가 되려고 하기도 하고 풍족함을 느끼기 위해 돈을 벌기도 한다. 하지만, 그런 모든 감정은 우리가 현실이라고 말하는 곳에서도 있지만 '책 안'에서도 모두 존재한다. 그것을 간접체험이나 경험이라고 생각할 수 있다. 하지만 영화 '매트릭스'처럼 무엇이 진짜고 무엇이 가짜인지. 정말로 구분할 수 있는가?

영어 원서도 꽤 많이 사 놓고 읽는다. 다른 유학생들처럼 영어를 사용하는 업종에서 일하고 있지는 않다. 하지만 영어는 내가 미국, 영국, 캐나다, 호주의 독자들이 갖게 될 보편적 감성을 함께 공유할 수 있게 해준다.

목적을 두고, 노력하는 행위는 분명 그 목표에 도달할 수도 있다. 하지만 그것은 흥미가 되지 못하고 지치기 마련이다.

내가 책을 읽는 이유는 다만, 시공간 여행을 위함이다.

글을 그리다

나는 언어학자가 아니다. 때문에, '글'과 '그림', 혹은 '그리다'의 어원에 대해서 정확하게는 모른다. 하지만, '그리다'와 '글이다'가 서로 동음인 것은 우연일까 싶다. '그림'과 '글임' 또한 동음이다. 어떻게 보면, 그림을 그리는 것과 글을 쓰는 것은 기록한다는 의미에서 서로 그 뿌리가 같지 않을까.

소제목을 '글을 그리다'라고 표현한 이유는 특별한 사람들이나 쓰는 '글'이라는 도구에 대해서 조금 가볍게 봤으면 해서다. 많은 사람이 글을 쓸 때, 목적을 위해 써야 한다고 믿는다. 하지만 글은 그림을 그리듯, 특별한 목적이 없이 하는 행위일 수 있다. 그림을 그리듯, 시간, 감정과 상황을 표현하는 행위다. 어떻게 보느냐에 따라 이 행위는 그림보다 더 효과적인 자기치유일 수도 있다.

글쓰기가 다른 사람들에게 생각을 전달하는 효과적인 방법인 것은 맞다. 하지만 반드시 글이라는 도구가 정보 전달의 역할만 충실할 필요는 없다.

마치 악기를 연주하는 이유가 음악을 들려주려는 목적만 있지 않은 것과 같다. 음악은 연주행위 자체만으로 자가 치유를 이루기도 한다. 흰 도화지에 의미 없는 낙서를 하면 생각이 정리되고 마음이 안정되는 것도 같은 행위이다.

사람들은 빈 종이와 연필을 받고 나면 자연스럽게 의미 없는 낙서를 한다. 우리가 낙서나 그림을 그리는 행위를 정보 전달의 역할로만 보지 않는다는 뜻이다. 이는 마음 상태를 표출하고 자각하기 위해서 이루어진다. 글을 쓰는 행위를 '놀이'보다는 '노동'으로 간주하려는 우리의 생각의 틀을 깨고 글쓰기를 재미있게 바라보자.

빈 도화지에 토끼 한 마리가 그려져 있다. 사람에 따라 누군가는 그것을 실제 토끼와 흡사하게 그려내기도 하고 재미난 캐리커처로 그려내기도 한다. 어떤 그림을 잘 그렸다고 단정할 수는 없다. 보기에 따라서 목적에 따라서 그것도 아니면 취향에 따라서, 그림은 스스로 역할을 다 해낼 뿐이다. 만약 정확한 대상에 대한 설명 혹은 묘사만이 좋은 그림이 된다면 천재 입체주의 화가 피카소는 탄생하지 못했을 것이다.

글 그리기의 간단한 예를 들어보자.

토끼가 있다. 귀는 두 개이고, 다리 또한 두 개이다. 색깔은 흰색이고, 눈은 빨간색이다.

위에서는 토끼라고 하는 동물에 대해서 객관적인 정보만 나열했다. 이러한 글이 좋은 글인지, 나쁜 글인지는 판단할 수 없다. 하지만 글이 하고자 하는 '정보 전달'의 영역에서 이는 확실히 좋은 글이다.

이런 글에서는 이 토끼를 바라보는 사람의 주관적인 감정 상태나 토끼를 보고 떠오르는 작가의 과거 기억들에 관해 설명해 낼 수가 없다. 그림을 예를 들어서 설명해보자. 그림은 그 대상을 인식하는 방식에 따라, 입체파, 인상파, 야수파 등으로 나누어진다. 글 또한 작가의 시선과 표현 방식에 따라, 여러 방식으로 표현할 수 있다.

어느 추운 겨울날, 소복하게 내린 흰 눈 뭉치를 본 적이 있다. 잘 뭉쳐 놓으면 솜털 같은 그 눈, 하얀 눈 뭉치가 쪼그려 앉아 있다. 커다란 귀는 두 끝을 쫑긋하고 잘 접어진 용수철처럼 단단한 다리가 지금이라도 곧 뛰어나갈 듯 준비하고 있다. 두 눈이 슬픔을 이야기라도 하듯 한여름 장미꽃처럼 벌겋게 충혈되어 있다. 어디론가 도망치고 싶은 마음을 눈은 숨기지 못한다.

우리는 같은 토끼를 보면서 두 가지 다른 방식으로 대상을 그려보았다. 같은 토끼이지만 처음 예시와는 다르게 머릿속에 이미지가 그려지면서 작가의 감정이 보이지 않는가? 글 그리기는 단순하다. 그저 심심한 손이 빈 공책의 한쪽에 의미 없는 그림을 그려 놓듯, 아무 의미 없는 대상 하나를 그림 그리듯 묘사해 내는 것이다.

그렇다면 어째서 그림이 아닌 글로써 묘사할까. 그 이유는 몇 가지가 있다. '그림'이 아닌 '글'로 대상을 그리는 연습을 하다 보면 우리는 '그림'과는 별개로 그것을 쉽게 수정해가며 완벽에 가까운 형태로 만들어 내어놓을 수 있다. 여러 차례의 퇴고를 통해 흔적 없이 완벽한 작품을 만들어 낼 수 있다는 것은 글쓰기의 또 다른 장점이기도 하다. 사물을 바라보는 시선을 넓히고 객관적으로 만들어 낼 수 있다는 점도 상당히 재미있는 '놀이'다.

자, 이제 또 다른 예시를 들어보자, 대상은 아무것이나 좋다. 꼭 특별할 필요도 없고 의미가 있어도 없어도 그만이다. 지금 글을 쓰는 동안 보이는 창가의 태양을 보고 글을 그려보도록 하겠다.

뉴질랜드의 밤하늘은 내가 우주에 떠 있는 듯 착각을 주어요. 가만히 잔디를 깔고 누우면 하늘에 있는 별이 얼마나 선명한지 눈을 크게 뜨면 그 별의 모양까지도 세세하게 볼 수만 있을 것 같지요. 밤이면 밤마다 아름답게 빛나는 수십만 개의 별을 보느라 낮에는 뉴질랜드의 태양에 대해서는 특별한 기억이 없어요. 그래서 그런 걸 까요? 사람들이 별의 아름다움에만 심취해 있어서 그런지 그 많은 별을 감추기 위해, 저 질투심 많은 태양은 매일 아침이면 또 떠오르는구나 싶어요

단순 해를 보면서 여러 가지로 글을 갖고 장난을 친다.

기록은 진흙을 손에 묻혀서 동글 벽화에 바르는 것부터 시작했다. 멋진 그림이라고 하는 것들도 어찌 보면 하얀 종이 위에 색깔이 다른 화학 물질들을 묻혀 넣는 행위에 지나지 않는다. 물감들이 어떤 배열을 하고 있는지, 거기에 작가의 표현과 감정 혹은 기술에 따라서 그것은 예술이 되기도 한다. 글도 마찬가지다. 더 대단하고 실력 좋은 예술가 혹은 기술자들이 서점에 가득 쌓여 있다. 우리는 그들을 기술과 감정을 배우고 그것으로 다른 이들과 소통할 수 있다.

글을 그리는 여러 이유 중 단연은 '생각 정리'이다. 아무런 의미도 없는 대상 관찰과 글 그리기를 하다 보면 어느새, 우리는 상황이나 사물을 인식하는 방식에 커다란 변화가 생긴다. 모든 사건이나 인물 혹은 대상을 문체화하면 우리는 자신의 감정에 빠지지 않고 그 상황을 객관적으로 바라보게 된다.

단지 그 아름다움에 초점을 맞춘다든지 슬픔에 초점을 맞춘다. 선택만으로 우리는 우리의 인생에 대한 주체적인 선택 또한 가능하다.

오늘 출근 후, 아침부터 상사에게 꾸지람을 들었다고 가정해보자. 그러면 우리의 뇌는 우리 자신을 자책하게 한다.

내가 또 그에게 실망을 주었구나.

이런 자책이 들 때, 그 상황을 머릿속 글로 그려보자. 반드시 펜을 이용하여 글을 적을 필요도 없다. 간단하게 머릿속으로 상황에 대해 문체화 시켜도 좋다.

상사의 얼굴에 있는 근육이 수축과 이완을 계속한다. 그는 자신의 감정을 얼굴 근육의 수축과 이완을 통해서 표출한다. 그가 단순하게 만들어낸 얼굴 근육의 수축과 이완이 자신의 감점을 표현하려고 애를 쓴다. 목구멍에서 나오는 공기의 떨림, 음성이 나에게로 넘어온다. 물리적 음성이 나에게 전달될 뿐, 그 음성 자체는 나에게 아무런 영향도 주고 있지 않다. 넘겨오는 음성을 인

식하여 스트레스로 만들어내는 것은 그의 작업이 아니라 나의
작업이다.

　말하는 때로 감정적이다. 그 때문에 사람들은 의사소통 중
에 감정을 상하기도 한다. 그러할 때는 그 이야기에서 감정을
배제한 정보만 받아들이기로 하자. 그리고 현재 상황에 대해,
객관적인 시점으로 바라보고자 하자. 나의 입장으로도 그려
보자. 상사의 입장으로도 그려보자. 옆 직원으로의 입장으로
도 그려보자.

　시점을 다양화 해보자. 그러다 보면 그 사건의 본질에 더
쉽게 접근할 수 있고 객관성을 유지할 수 있게 된다. 우리가
하는 일의 대부분은 '사람'과 '사람'으로 이루어져 있다. 실제
이메일로 문서나 글을 주고받는 일을 하다 보면, 말로 주고받
을 때보다 그 감정의 전달이 적게 들어간다. 그로 인해서 정
서적 소모 감이 덜하기도 하다. 말로써 주고받는 정보는 우리
의 정신을 더 피로하게 한다.

　실제 말을 하다 보면 상대방의 이야기를 끝까지 듣지 않게
된다. 글은 차분하게 상대방의 이야기를 들어주는 힘을 준다.

대화하는 상대의 표정이나 기타, 비언어적인 요소로 인해 자신이 하고자 하는 말을 잘 전달하지 못할 때도 유용하다. 또한, 쉽게 다시 읽어보고 수정할 수 있는 글은 오해가 생기지 않도록 하기도 한다.

글이라고 하는 도구는 받아들이는 자가 그 주도권을 가지고 있다. 내가 읽고 싶을 때 읽다가 기분이 안 좋을 땐 다른 일부터 하고 기분이 전환되었을 시기를 직접 선택하여 다시 꺼내 읽어 볼 수 있다. 내가 선택하기 전까지 글은 일방적인 정보제공을 하지 않는다.

우리가 의사소통이라고 하는 행위 대부분은 말로써 이루어진다. 듣기 싫은 말들은 우리의 선택과는 별개로 우리에게 수동적으로 주입된다. 그 때문에 오해가 생기기 쉽다. 따라서 스트레스가 될 만한 이야기가 있는 경우, 그 감정까지 인지하지 말고 정보만 잘 받아들이자. 집에 돌아가서 그 정보만을 글로써 풀어 놓자. 상대가 이야기하고자 했던 말들에 감정은 배제하고 핵심만 적어놓자. 내가 기분이 좋을 때 꺼내 보자. 우리 감정의 주도권을 우리에게 가지고 오는 이런 행위 연습은 시간이 지나면서 상황을 객관적으로 볼 수 있게 도와준다.

글을 그리는 것은 자기암시법과도 같다

어느 날, 천상에서 신들의 회의가 열렸다. 인간들의 행태가 심각하기에 신들은 그것을 방관할 수가 없었다. 신들이 자신의 형상대로 만들어낸 피조물인 인간들이 감히 신에 범접할 수는 없지만, 인간들에게는 신이 부여해준 놀라운 두뇌가 있었다.

그들의 머리는 점점 똑똑해지고 강해져서 어느새 신들의 능력을 위협할 정도로 커졌다. 이제 신들과 인간을 구분 짓는 능력이 인간의 손에 들어간다면 신과 같은 무소불위의 힘을 갖게 될 것이다.

신들은 이 능력을 인간들이 갖지 못하도록 그것을 숨겨야만 했다. 그러나 아무리 높은 하늘이라도 깊은 바다라도 인간들은 그것을 찾을 것 같았다. 신들은 고민을 거듭해서 다행히 그곳을 발견하게 되었다. 드디어 신들은 안심하게 되었다.

신들이 그토록 걱정했던 그것이 있는 곳은 어디일까요? 인간이 영원히 찾지 못할 거라는 그곳은 어디일까요?

신들이 찾아낸 신비한 장소 그곳은 바로 '인간의 마음속' 입니다.

이는 "나는 날마다, 모든 면에서 점점 더 좋아지고 있다"라는 결정적인 문구로 대표되는 '에밀 쿠에'의 글이다. 그는 프랑스의 약사이자 심리 치료사로 무의식과 암시의 본성을 탐구해, 응용 심리학에 깊은 영향을 끼쳤다.

그는 상상과 의지가 맞서면 반드시 상상이 의지를 이긴다고 말했다. 그 이유는 상상은 거대한 힘을 가진 무의식에서 일어나기 때문이라고 했다. 우리의 무의식은 말 그대로 우리가 인식하지 못하는 사이 우리가 자신을 그 방향으로 이끄는 것을 말한다.

나는 자기 암시를 믿는다. 내가 내뱉은 말이 현실로 이루어지는 현상을 믿는다. 그것은 마법 같은 일이 아니다. 우리의 뇌와 무의식이 만들어낸 효과이다. 그가 말한 무의식으로 노력하지 말고 상상하라는 것은 물리적으로 아무런 노력을 하지 말라는 뜻이 아니다. 물 흐르듯 자연스럽게 무의식에 주입하라고 하는 것이다. 이는 단순한 말을 반복한다면 그다음의 모든 일은 무의식으로 하여진다는 것을 말한다. 우리의 뇌는 그렇게 프로그래밍 되어있다.

입력 방식이 컴퓨터와 조금 다를 뿐, 우리의 프로그래밍은 단순한 반복으로 내장된 프로그래밍을 변화할 수 있다는 것에서 일맥상통할 수도 있다.

내가 좋아하는 대한민국 최고의 진행자인 '유재석'은 자신의 이야기를 사람들에게 하는 것을 부끄러워한다. 이 때문에 그의 철학이 담긴 책이나 인터뷰를 찾아보는 것이 매우 어렵다.

어느 날, 유재석이 '무한도전'이라는 프로그램에서 노래를 만드는 편을 찍은 적이 있다. 그는 말의 힘을 알고 있었다. 가

수 이적과 함께 간단한 인터뷰가 완성되고 유재석은 자신의 철학이 담긴 '말하는 대로'라는 노래를 작사했다.

말하는 대로 된다. 상상하는 대로 된다. 그것은 마법과도 같은 일이 아니다. 우리의 무의식이 우리도 모르는 사이 우리를 어떤 방향으로 인도한다는 것을 의미한다.

미국 켄터키 주의 루이빌에 있는 주립 종합대학교인 루이빌대학교(University of Louisville)는 연구 중심의 주립대학교이다. 이곳의 심리학과 교수인 클리포드컨 박사(Clifford C. Kuhn)는 웃음 박사로 유명하다. 그는 웃음이란 얼굴 근육 스트레칭이라고 생각했다.

눈썹을 이마 주름이 깊숙하게 생길 만큼 최대한 위로 올린 채 열까지 새고 입이 좌우로 찢어질 정도로 최대한 벌린 채 열까지 세는 억지웃음은 실제 웃음과도 거의 같은 효과를 준다는 것이 그의 주장이다. 그의 주장에 따르면 5살 어린 아이는 하루 평균 250번 정도를 웃는다고 한다. 하지만 나이가 들면서 성인이 되고 나면 사람들은 하루 평균 15번 정도 웃는 것이 고작이다. 우리가 웃을 때는 뇌 속에서 엔도르핀과 같은 몸에 이로운 호르몬 분비가 크게 일어나면서 침에서도 바이러스와 박테리아를 죽이는 물질들이 분비된다. 그는 100번 웃으면 15분간 페달 밟기 운동을 하거나 10분간 보트 젓기 운동을 하는 것과 마찬가지의 효과가 있다고 말하며 한 번 웃을 때마다 3.5kcal가 발산되어 100번을 웃으면 350kcal가 발산된다고 했다.

우리의 뇌는 가짜 웃음과 진짜 웃음을 구별하지 못한다. 그 때문에 이런 간단한 가짜 웃음만으로도, 우리를 건강하게 행복하게 바꿀 수가 있다. 이러한 자기 암시법은 생각이나 상상으로 했을 때보다 말로 했을 때, 더 효과적이다. 그렇지만 무엇보다도 더 강력한 효과를 주기 위해서는 글쓰기를 통한 자기 암시가 가장 효과적이다. 글을 쓰는 행위는 정보를 머릿속에서 끄집어내는 Output(출력)과 Input(입력)을 동시에 만든다. 마음속으로 수십 번 다짐하는 마음의 소리보다는 입 밖으로 내뱉는 음성이 더욱 암시에 효과적이고, 입 밖으로 내뱉는 음성보다는 글로 써 내려가는 방식이 더욱 효과적이다.

글로 하는 마인드 컨트롤

나쁜 기억은 우리에게 스트레스를 준다. 나쁜 기억을 아름다운 기억으로 바꾼다면 얼마나 마법 같은 일일까?

다음과 같은 나쁜 상황을 좋은 상황으로 그리는 연습을 한 번 해보자.

몸도 좋지 않은데 상사에게 혼이 났다.

부정적인 일을 글로 쓰고 나면 일어나지 않은 상사의 생각을 자가 판단, 확장 증폭시킨다. 이야기를 더욱 과장되게 만들어나간다. 그것이 걱정의 시작이다. 부정적인 이야기를 글로 그려보자.

김 부장이 자리에 앉아 있다. 그 자리 앞에는 부하직원 또한 앉아 있다. 어제저녁에 친구 놈이랑 술 한잔하면서, 친구 놈이 하는 사업이 확장한다는 소식에 배가 아픈 듯하다. 그 녀석은 김 부장 월급의 수배를 벌면서 여행을 다니고 골프를 즐긴다. 아침 출근부터 사장님은, 김 부장의 부서에 실적에 대해 평가질을 늘어놓는다. 그 평가의 대부분은 김 부장의 말에 맞게 잘 움직여주지 않는 야속한 부하직원들이다. 잘 어르고 달래야 할지, 화를 내야 할지 모르지만, 어쨌건 동생뻘 되는 부하직원들과 티격태격하는 자신의 모습과 어제 친구의 모습이 중복되던 김 부장은 저도 모르게 감성적으로 대응하게 된다. 그리고 김 부장은 생각한다. 저 속 편한 녀석은 아직 미래가 창창하니 부럽구나.

이렇듯 글의 시선을 나를 혼내는 김 부장에게만 옮겨 놓더라도 조금은 그를 이해할 수 있다.

이런 일은 생각보다 재미있는 일이다. 모든 상황을 관찰하고 연구하다 보면 어느덧 우리는 깊게 빠져 있던 상황을 탈출할 수 있게 된다.

이제 밑에는 오늘 먹은 저녁 식사를 글로 그려보자.

입안에서 고두밥이 씹힌다. 한 톨 한 톨이 혀와 이 사이를 움직인다. 혀를 왼쪽으로, 오른쪽으로 굴려본다. 입속의 침과 섞이며 단맛을 만들어내는 이 고두밥의 따뜻한 열기가 입으로 전해진다. 고소한 향이 목과 코를 통해 온몸으로 펴진다. 입안에 가득 담긴 밥 한 숟가락에 아삭한 오이를 잘 숙성된 된장에 푹 하고 찍어 먹는다. 시원한 오이가 입속에 퍼져 가며 밥맛이 일품이다.

별 것 아닌 듯하지만 모든 상황이나 현상을 글로 쓰다 보면 현재에 대한 감각이 열린다. 모든 감각이 예민해지게 된다.

곰곰이 생각해보면, 우리는 샤워하면서 손으로는 머리를 감지만, 정작 나의 머릿속은 어제를 재생시키고 있거나 앞으로의 오늘 혹은 내일의 영상을 재생시킨다. 지금 내가 하는

'샤워하기'를 놓쳐버리고 지나버린 어제와 오지 않은 내일을 위해 지금, 이 순간을 소모하는 삶에 충성을 다하게 된다.

샤워할 때 오히려 머릿속으로 모든 상황을 문체화 하여 볼 때가 있다. 손끝이 두피를 마사지할 때 느낌이라던 지, 물방울이 떨어지는 소리, 샤워실에 차오르는 수증기의 냄새 등을 문체화 하다 보면, 비로소 잊혀야 할 과거가 잊히고, 두려워하지 말아야 할 미래가 생각나지 않는다.

글로 그리는 연습. 그것은 꼭 손으로 할 필요도 없다. 언제든지 그것을 문체화 할 수 있는 연습만 있다면, 지나다니는 사람들의 모습도, 자는 아이의 모습도 얼마든지 문체화하여 현실의 행복을 풍만하게 느껴낼 수 있다.

글 그리기 방법

글을 그리기 위해서 가장 중요한 소재가 필요하다. 그 소재를 깊은 생각 없이, 아무거나 정하라. 이 글을 읽는 여러분도 함께 글 그리기에 동참했으면 한다.

1.

스마트 폰

오래된 인조 가죽 지갑으로 보호된 값비싼 휴대전화가 보인다. 장작 2년간 만져보지도 못하게 휴대전화 지갑에 둘러

싸여 있다. 생각해보면 참 재밌는 것이 나의 손때나 지문이 묻을까 봐 고이 포장지에 넣어두고 만지지 못하게 모셔 두는 꼴이 우습다. 나에 의해서 오염이 될까 노심초사하는 꼴이라니… 아무래도 내가 주인이라는 걸, 저 녀석도 잊을 것이 틀림이 없다.

2.

계산기

계산기가 나은가? 내가 나은가?

예전에 내가 해외에서 점장으로 일하던 가게에 아르바이트생들과 있었던 일이 생각이 난다. 매장 정리도 깔끔하게 하고 재고까지 야무지게 해내는 그 아르바이트생은 지점장이던 나에게 매우 소중한 직원이었다.

그러던 어느 날, 우리 매장에 두 번째 아르바이트생이 왔다. 그녀는 매장 정리 정돈을 깔끔하게 하지 못하고 재고 또한 파악하는 것을 어려워했다. 일을 시킬 때마다 곤란한 상황이 생기기 일 수였지만, 그녀는 현지에서 대학을 다녀서 영어가 능통하고 손님 응대에 탁월했다.

정리 정돈을 잘하는가?

그것을 주제로 따지고 본다면 첫 번째 직원이 우월했다.

손님 응대를 잘하는가?

그것을 주제로 따지고 본다면, 두 번째 직원이 우월했다.

내가 세우려는 주제와 중심을 어디에 두는지에 따라서 우와 열 나눠진다. 결국, 그런 주제와 중심을 수십 개, 수백 개, 수천, 수만 개로 넓히다 보면, 그 둘은 우열이 없이 모두 같다.

저, 고물 계산기와 나. 따지고 본다면 누가 더 우월한가?

3.

열쇠

열쇠의 용도는 문을 열기 위한 것이다. 하지만 내가 문을 열고 있지 않을 때, 맥주병의 뚜껑을 열 때 쓰는 병따개 용도이다. 그것을 만든 이유가 어떻든 사용되는 목적에 따라 그것은 열쇠가 되기도 하고 병따개가 되기도 한다.

그것의 이름은 만든 이가 정하는가? 아니면 사용하는 이가 정하는가?

우리는 모두 각기 다른 모습으로 태어났지만, 양복을 입고 출근했을 때는 직장인이 되기도 하고 집으로 돌아와서는 아버지가 되기도 한다.

열쇠가 병따개가 되더라도 태어난 모습으로 활용된다면 얼마나 좋을까?

우리는 '아버지'인가? '직장인'인가? '아들'인가?

본연의 모습으로 돌아가 나라는 '인간'에 대해 다시 살펴보자.

글을 쓰면 긍정적으로 변한다

부정적인 글을 꾸준하게 쓰다 보면 부정적인 사람이 될 가능성이 크다. 그 때문에 자기 비관적인 글을 많이 쓰라는 의미로 글쓰기를 추천하는 것은 아니다. 글쓰기는 기왕이면 긍정적인 글을 많이 쓰는 것이 좋다. 예전 읽었던 책에서 '일기 쓰기는 아침에 하는 게 좋다'라는 글을 본 적이 있다.

그때는 참 의아했다. '일기(日記)'라는 것이 하루의 기록인데 그날 일어난 일을 기록해야 할 일기를 아침에 쓰다니 황당하기도 했다. 하지만 아침 일기 쓰기는 사실 참 효과적인 방식 중 하나다. 어떤 상황을 맞이했을 때, 우리는 그 상황 속에 빠져 있게 된다. 시간이 지나면서, 그 상황으로부터 점차 멀어져 가며 객관성을 갖게 된다. 가령 10년 전 했던 말실수에 대해서 '아…내가 왜 그랬지?'하고 후회하는 것과도 같다.

그 상황에 빠져 있다 보면 객관성을 잃기 쉽다. 하루의 마지막에 일기를 쓰는 행위는 어찌 보면 자칫 감정적인 글이 되기 쉽다. 감정적인 글을 쓰지 말라는 것은 아니다. 과도하게 감정적인 상황으로 자신을 내버려 둘 필요는 없다. '아침일기' 쓰기는 어제를 정리하고 객관적으로 바라보며 오늘 하루를 계획할 수 있게 해준다.

직장동료와 커다란 말싸움을 했다고 가정해보자. 그렇다면 그날 분이 풀리지 않은 상태에서 일기를 쓰게 되면 분노를 더 키워 일으킨다. 하지만 한숨을 자고 다음 날 아침에 다시 생각해보면 실제로 크게 다툴만한 일이 아니라는 사실을 알게 된다. 오늘은 화해해야겠다는 다짐까지 덤으로 하게 된다.

또 다른 글쓰기의 긍정적인 변화는 자기를 살펴보는 것이다. 내가 글을 쓰면서 느꼈던 일 중에 가장 힘든 일은 '소재 찾기'이다. 어떤 글을 쓸 때 한 방면에 글을 쓰고 나면 다음 써야 할 글의 소재가 소진되기 마련이다. 그때마다, '나는 무엇을 좋아하나?', '내가 남들과 다른 것은 무엇인가?', 혹은 '내가 남들보다 잘하고 잘 아는 것은 무엇인가'를 생각하게 된다.

이런 자아 찾기를 통해 내가 남들보다 나은 것에 대해 알아가다 보면 스스로 자신에 대해 잘 알게 되고 자신의 강점을 발견함으로써 삶에 큰 활력과 자신감이 된다. 하지만 이런 '자아 찾기'뿐만 아니라 부정적인 사건이나 현상을 바라보는 시선이 변하는 것 또한 커다란 변화다.

슬픈 사건이나 당황스러운 일들 혹은 난감한 일들은 모두 다 좋은 소재 거리가 되어준다. 나의 첫 번째 저서인 '앞으로 더 잘 될 거야'에서도 소개했지만, 내가 어린 시절 겪었던 많은 고난과 역경은 어느덧 많은 사람이 편하게 간접 체험할 수 있는 문학이 되었다. 나의 힘든 시절이 소재가 되고 문학이 되면서 많은 사람에게 쉬고 즐길 수 있는 오락적 여흥 거리로 변했다.

삶을 주체적으로 살아가면서 다른 측면으로는 영화나 연극을 찍는 것과도 같다. 살아가는 인생이 곧 문학으로 변하게 된다는 사실은 인생에 대한 기대감이 된다. 우리는 흥미로운 영화 한 편을 제작, 연출, 연기하는 셈이다.

우리는 어떤 수필을 읽거나 글을 읽을 때, 그 사람의 사건과 상황을 머릿속으로 상상하며 읽게 된다. 상상하면서 읽게 되면 그 글쓴이가 겪었던 일과는 조금 다를 수도 있다손 치더라도 어쨌거나 우리 마음속에 자신만의 주인공을 만들어 그를 바라보게 된다. 마치 소설 속 주인공과 같이 그를 전지적인 시선으로 바라보게 된다.

그 작가의 일대기를 바라보다 보면 그의 슬픔에 공감하고 기쁨에 공감하며 어느덧 그를 응원하게 된다. 이런 비슷한 이유 때문이었을까? 우연히 나의 글을 읽고 감명받은 한 사람의 글을 읽게 되었다.

그는 나의 글을 읽고 나의 감정과 상황에 공감하고 응원해 주었다. 나의 가장 친구들도 알지 못했던 그런 여러 가지 복합적인 감정을 독자들은 응원해 준다. 글을 쓴다는 것은 더 많은 사람에게 응원을 받는 일이다.

이제는 잊혀버린 힘든 시간은 더 나를 따라다니며 고통을 만들어내지 않는다. 이는 문학이 되고 다른 사람의 공감을 끌어내며 좋은 소통할 수 있는 도구가 되었다.

이렇듯 글을 쓰는 행위는 머릿속에 있는 작품 하나를 끄집어내는 행위와도 같다. 그것이 세상에 나와 공감 거리가 되었을 때, 우리가 맞아 보지 못한 커다란 삶의 변화를 겪게 된다.

'어디 소재 거리가 없을까?'

지난 저서에서 인생을 파도에 비유했다. 좋은 일이 일어난다고 기뻐할 필요도 나쁜 일이 일어난다고 슬퍼할 필요도 없다. 그저 담담하게 인생의 파도를 즐기면 된다. 우리가 파도를 타고 오르락내리락하는 것처럼 우리에게 잔잔하기도 하고 때론 커다랗기도 한 파도를 만들며 인생을 진행 시킨다. 올라갈 때는 올라감이 좋은 소재 거리가 되고 내려갈 때는 내려감이 좋은 소재 거리가 된다. 하지만 이에 벗어나 우리의 방향이 올라감과 내려감이 아니라 앞으로 흘러감이지 않을까?

명상과 글쓰기

언뜻 전혀 상관이 없을 것 같은 주제로 시작한다. 나는 명상을 신뢰한다. 내가 명상을 처음 접한 것은 해외 유학 도중 만난 존(John)이라고 하는 친구 때문이다. 그를 처음 접하게 된 것은 그가 한국에 관심이 많기 때문이었다. 그는 뉴질랜드 최고 명문대학교(The University of Auckland)에서 일본어와 피아노를 전공했다.

그의 일본어 실력은 거의 원어민에 가까웠다. 그는 중국계 부모님의 이민 결정으로 뉴질랜드에 어렸을 때부터 거주했다. 실제로 중국어보다는 영어가 더 편한 현지인이었다. 그는 자신이 이미 가지고 있는 언어적 능력인 영어, 일본어, 중국어뿐만 아니라 이번에는 한국어라는 생소한 언어에 도전한다고 했다. 나와 인연이 시작됐다.

나보다 두 살이나 많았던 그는 항상 긍정적이고 검소했고 친절했다. 그는 정신과 육체의 '정화'에 대해 상당히 많은 이야기를 해주었다. 그는 채식주의자였는가. 고기가 없으면 식사를 못 하던 나에게 사실 제일 괴로운 부분이기도 했다.

그와 나는 항상 오클랜드 시내 중심부에 있는 앨버트 공원(Albert Park) 잔디에 앉아서 이런저런 이야기를 나누었다. 우리는 최초 언어를 교환하기 위해 만난 목적을 망각하고, 서로 친구가 되어갔다.

이 친구에게 어느 날 물었던 적이 있다.

"대만으로 돌아갈 생각은 없어?"

나의 단순한 호기심에 그의 대답은 단호했다.

"없어."

그는 채식하고, 좋은 음악을 듣고, 좋은 음식을 먹고 좋은 명상을 하며, 자신을 정화하고 있다고 했다. 그런 의미에서 뉴질랜드는 매우 자기 자신을 깨끗하게 정화해주는데 좋은 곳이라고 했다. 하지만 여타 아시아로 간다면 소음들과 밤에도 번쩍거리는 불빛들 하며 공장에서 나오는 여타 좋지 않은 공기들 때문에 자신이 지금껏 가꾸어 온 자신이 오염될지도 모른다고 했다.

대만과 사실 산업적으로 비슷하게 성장해 온 대한민국이라는 나라에서 온 나는 그 말을 듣고 이해하지 못했다.

"오염되어 있다니……"

어느 날은 그가 여느 날과 같이 잔디에 앉아 명상하는 방법과 이유 등을 설명해 준 적이 있다.

당시 어학연수 기간이었던 지라 명상이라는 주제보다는 영어에 관심이 있었다. 그가 명상에 대해서 침을 튀기기며 이야기할 때도 관심이 있는 척했을 뿐이었다. 지금은 그 시절 나의 태도가 너무 후회스러울 때가 있다. 나는 명상이라고 하면 불교계 '고승'들이 하는 종교적인 느낌이 있었다. 따라서 그가 하는 명상 강의에 장난이나 딴죽 걸며 웃고 떠들며 영어나 배워가자는 생각으로 임했다. 지금은 그와 연락이 끊어진 지가 오래되었다. 그 당시 그와 그런 이야기를 지금 다시 나누면 좋을 것 같다는 아쉬움이 너무 강하게 남아있다.

그는 명상이 단순한 것이라고 했다. 그저 호흡에 집중하고 떠오르는 잡념을 바라보는 것이라고 말했다. 그때는 그게 무슨 의미인지 몰랐다. 멋있게 무게 잡고 허리를 곧추세우는 고상한 자세에 거부감 때문에 진지하게 대하지 않았었다.

그는 사람이 가지고 있는 에너지 파장이 존재하는데 명상함으로써 그 파장을 키워갈 수 있다고 했다.

그 뒤로 수년이 지나고 나는 그가 쉽게 설명해 준 명상에 대해서 어렵게 다시 공부해 나갔다. 그와의 이별을 후회하며 그의 이야기를 떠올리고 글을 읽고 배워 나갔다. 그가 항상 긍정적인 사람이고 사람들에게 좋은 영향력을 주는 이유는 다름이 아니라 명상 때문이라는 생각도 들었다. 그렇다면 갑자기 말하게 된 명상과 글은 어떠한 연관이 있을까?

앞서 언급했던 것과 같이 명상은 그런 역할을 한다. 그저 자기 자신을 객관적으로 바라보는 것이다. 어떤 생각을 하고 있고, 어떤 감정이 있는지, 나의 심장은 어떤 소리를 내고 뛰고 있고, 나의 숨음 고른지… 조용히 자기 자신에게 집중해 보는 시간을 말한다.

글쓰기는 자세히 말하자면 '명상'과도 같다. '뇌 가소성'에 긴밀한 연관이 있다. 떠오르는 잡념이나 상념을 그대로 두며 그것을 지켜보는 행위만으로 우리의 머리는 차분하게 정리된다. 더러워진 물을 정화하는 방법으로 손으로 부유물이 또 있는 물을 '휘~ 휘~' 건져내는 그것보다는 조용하게 그 물에 부유물과 침전물이 가라앉고 떠오르기를 지켜보는 것이 빠른 방법이다.

이런 행위를 지속해서 연습하다 보면, 뇌의 전두전야나 해마의 신경 세포 밀도가 증가하게 된다. 이 전두전야라고 하는 것은 말 그대로 우리 뇌 앞에 위치하여 있는 영역으로 사고나 창조성 혹은 의사결정 등의 활동을 담당하는 부위이다. 단순하게 자기 바라보기의 이 행위를 하는 것만으로도 해마라고 하는 귀 안쪽 부분에 있는 영역이 변화한다는 사실이 입증되었다. 해마는 사고나 판단, 기억의 영역과 연결된 중요한 부분이기도 하다.

이렇게 자기 바라보기는 뇌 가운데에 있는 편도체를 축소하는데, 편도체는 분노나 공포와 관계가 있다. 우리가 직장 상사에게 혼났을 때, 혹은 친구와 싸웠을 때, 무례한 고객에게 스트레스를 받을 때, 이 편도체 부분이 활성화된다. 이렇게 편도체가 활발해지면, 체내에 있는 '코르티솔(cortisol)'이라고 하는 스트레스 호르몬이 발생한다. 그런데 이것은 인간이 이성적인 사고를 할 수 없게 만들고 감정적인 행동을 하게 만든다고 한다.

실제로 구글, 인텔, 제너럴 밀스, 매켄지, 페이스북 등 오늘날 유럽과 미국의 수많은 기업이 사원 연수에 '명상'을 활용하고 있다. 우리가 이미 알고 있는 스티브 잡스, 빌 게이츠, 워런 버핏 등의 수많은 기업가가 명상을 습관적으로 하는 것도 그러한 이유와 같다.

이는 그들이 빠르고 정확한 판단을 해야 하는 '리더'의 위치를 만들고 유지해 준다. 감정에 휩쓸리지 않는 마음 정화를 습관화시켜 준다. 마돈나, 미란다 커, 제시카 알바, 캐머런 디아즈, 니콜 키드먼, 앤젤리나 졸리, 레이디 가가 등 이름만 대면 알 수 있는 유명한 배우와 가수와 같이, 감정을 조절해야 하는 직업을 가진 스타들도 이와 같은 '명상'을 습관화한다고 알려져 있다.

우리는 현재를 살고 있다. 우리가 시간이라는 관념적 개념

을 이용하면서 미래와 과거 그리고 현재를 나누었지만 우리
는 현재의 연속만 살아갈 뿐이다. 과거도 미래도 존재하지 않
는다. 과거는 지나간 날에 대한 현재의 재해석일 뿐이고 미래
는 아직 오지 않은 오늘의 연장일 뿐이다.

우리는 현재에 집중함으로 자신의 상상력이 만들어낸 망
상일 뿐인 '미래'라는 허황을 객관적으로 인지하고 지나 간의
'사실'이라고 착각하는 과거를 재해석함으로써 현재를 올바
르게 사용할 수 있게 된다.

과거에 대한 재해석은 이미 지나간 일을 스스로 떠올려 현
재를 괴롭게 한다. 나 또한 그런 기억이 있다. 해외 선진국이
라고 부르는 곳에서 번듯한 직장을 갖고 꽤 좋은 조건에서 일
하면서 안정적인 삶을 살던 내가 10년 만에 한국으로 돌아왔
을 때 아무도 나에게 좋은 직장을 주지 않았다.

자신감이 넘쳐흘렀던 나와는 달리 한국이라는 사회는 녹
록하지 않았다. 생각보다 오랫동안, 과거에 대한 미련에만 집
착할 뿐, 현실에 대해서 만족하지 못했다. 내가 한국행을 택
한 그 날을 후회하고 또 후회했다. 하지만 간단한 깨달음 하
나로 나는 차츰 '과거'라는 상황을 온전하게 받아들일 수 있

게 되었다. 그것은 현재의 내가 떠올리지 않는다면, 그것은 더 나를 쫓아오지 않는다는 사실이다. 나는 한 번의 고통으로 끝나야 할 실수를 매 순간 떠올리며 스스로 고통을 재생산해 내고 있었다.

그것이 문자가 되고 내 눈으로 확인되기 전까지 고통은 형체 없는 막연한 공포가 되었다. 하지만 그것이 문자가 되자 그것을 해결할 객관적인 방법이 보이기 시작했다. 차츰 나의 생활과 정서도 안정감을 찾게 되었다.

불법에는 제1의 화살을 맞을지언정, 제2의 화살, 제3의 화살을 맞지 말라는 가르침이 있다. 나는 불교 신자는 아니지만, 불교의 철학에 공감하는 부분이 있다. 어떤 누군가의 말이나 행위로 상처를 받았을 때, 우리는 제1의 화살을 받는다. 화살을 받고 나서 그 말이나 행위가 이미 지나가 버린 과거가 됐음에도 불구하고 우리는 우리의 상상으로 그 말과 행동을 다시금 꺼내 제2의 화살을 만들어낸다. 그리고 제3의 화살을 만들어낸다. 스스로 과거의 불행을 찾아 현재의 고통을 재생산해 낸다.

누군가가 나에게 큰 선물 상자를 주고 갔다고 해보자. 우리는 기쁜 마음에 그 선물 상자를 열어본다. 하지만 그 선물 상자에는 가득하게 오물이 들어가 있다. 그렇다면 우리는 그 오물을 갖다 버리고 열심히 하루를 살면 그만이다.

하지만 대개 우리는 그 오물을 방으로 가지고 와서 잠들기 전에도 열어보고 샤워하면서도 열어보고 밥을 먹으면서도 열어본다. 하지만 그 오물을 준 당사자가 저지를 실수는 오물을 줬던 1회에 지나지 않는다. 그 오물을 들고 다니며 꺼내 보는 것은 정작 본인의 잘못이다.

이렇듯 과거에 대한 상처를 과거에 두는 방법으로는 명상도 좋지만 글쓰기도 좋다. 글쓰기는 눈에 보이지 않는 무 형태를 눈에 보이는 유 형태로 만들어낸다. 글을 객관적으로 바라보면 그 사건은 종이 위에 머물고 있다. 이미 과거에 일어나 그 사건은 종이 위에서 지금에는 어떠한 영향도 미치지 않고 있다는 것을 인지하게 된다.

예전에는 과거에 대한 미련이 많았다. 좋은 일이 있고 나쁜 일도 생기는 인생에서 좋은 일에 대해서는 제2의 화살과 제3의 화살을 재생산하지 않으면서 굳이 나쁜 일들만 다시 끄집어내어 화살을 맞는다.

누구나 고난과 시련은 다가온다. 그것은 우리가 인생을 살면서 받아들여야 할 어쩔 수 없는 인생사 중 하나일 뿐이다. 소중한 현재를 과거의 쓰레기를 재생산하는데 사용하는 어리석음을 갖지 않도록 꾸준한 글쓰기로 자기 자신을 객관화해야 한다.

앞에서 과거는 재해석이라고 했다. 그렇다면 미래는 무엇에 해당할까? 미래는 흔히 망상이라고 한다. 망상이란 표준국어대사전에 이렇게 소개되어 있다. 0

근거가 없는 주관적인 신념. 사실의 경험이나 논리에 의하여 정정되지 아니한 믿음으로 몽상, 망상 체계화된 망상, 피해망상, 과대망상 따위가 있다.

흔히 우리가 받는 스트레스 대부분은 과거와 미래에서 온다. 현재에서 오는 스트레스는 극 일부에 지나지 않는다. 이중 미래에 대한 망상은 흔히 '걱정'이라고 불리는 형태로 변화된다.

예를 들면 이렇다.

오늘 비가 오는데, 내일도 비가 오면 어쩌지?

내일까지 완성해야 하는 보고서가 있는데, 못하면 어떡하지?

내가 완성한 책이 반응이 좋지 않으면 어떡하지?

등이 있다. 하지만 이 모든 것은 우리의 상상력이 만들어낸 가짜 미래에 대한 걱정일 뿐이다. 실제 일어나지도 않을 여러 가지 경우의 수를 모두 만들어내며 현재를 괴롭힌다.

사실 이런 망상은 [어떡하지?]인 경우가 많다. 하지만, 생각해보면 간단하다. 이러한 대부분의 망상은 [어떻게 할 수가 없는 경우]가 대부분이다.

비가 오면, 어떡하지?]라는 망상은 우리가 비가 왔을 때, 비를 맞이하는 방법 말고는 없다.

[보고서가 완성하지 못하면 어떡하지?]라는 망상 또한, [그 결과가 좋지 못하다]라고 이미 정해져 있다. 하지만 우리는 이러한 망상을 재생산하면서 있지도 않을 일들에 대한 우려

를 계속한다.

아이가 버릇이 없어지면 어떡하지?
우리 아들이 공부를 못하면 어떡하지
시험을 망치면 어떡하지?

이런 머릿속에 떠오르는 모든 걱정은 미래의 불안에 대한 망상뿐이다. 사실 이러한 일이 일어날 확률 보다 일어나지 않을 확률이 훨씬 많은 경우도 많고 일어난다고 해도 그저 받아들이는 수밖에 우리가 해결할 방법은 없다.

내일 하늘이 무너지면 어떡하지?
걸어가던 땅이 꺼지면 어떡하지?

옛날 중국 기나라에 서 매일 쓸데없는 걱정과 근심으로 세월을 보내던 사람의 이야기인, 기인지우(杞人之憂)와도 같다. 어느 날 하늘을 쳐다보다가, 갑자기 하늘이 무너지면 어떡하지? 길을 걸어가다 갑자기 땅이 꺼지면 어떡하지? 라는 고민과 그 정도의 차이만 있을 뿐이다.

　이렇듯 글쓰기는 과거를 올바르게 인식하게 하고 미래를 객관적으로 바라볼 수 있도록 만들어준다. 우리가 글을 쓰는 행위 자체만으로도 우리는 우리 자신을 정화하고 정리하게 된다. 머릿속을 떠다니는 부유물들을 하얀 종이 위에 가득 담아두자. 깨끗하고 맑은 것만으로 채워져야 할 나의 머릿속을 잘 정리하고 더럽고 지저분한 오물들만 종이 위에 배설해 버리자. 그리고 그것을 잊고 필요할 때만 꺼내 보는 것으로 하자. 과연 우리가 그것이 필요할 때가 있기는 할까?

　언젠가 그 오물들이 오래된 추억이 될 때쯤이면 웃으며 열어볼 수 있는 황금이 되어 있지는 않을까?

쓰면 이루어진다

나에게는 오래된 철학이 하나 있다. 그것은 바로 '쓰면 이루어진다.'이다. 이전에 비슷한 내용에 관해 쓴 책이 하나 있다. 이 책에서도 이미 언급했지만, 나는 '비밀'이라는 책을 통해 '끌어당김의 법칙'을 접했다. 그 책에 한참 심취해 있었다. '반드시 이루어진다.'라는 확신을 머릿속에 세뇌하면서 살았다.

'론다 번'의 자서 '비밀'에 따르면 어떤 생각을 자주 할 경우, 그 생각과 맞은 주파수에 의해 대상이 끌려온다고 한다.

그 때문에 긍정적인 상상을 자꾸 하다 보면 긍정적인 상황들이 생기고 부정적인 상상을 자꾸 하다 보면 부정적인 상황들이 일어난다고 책에서는 말한다.

책의 내용 중에 나에게 가장 설득의 효과를 주었던 부분은 전기에 관한 이야기였다. 우리는 전기의 그 작동원리에 대해서는 잘 모르지만 편리하게 전기기기를 사용한다. 이처럼 우리의 무지(無知)로 인해 알지 못하는 사실이지만 알지 못한다고 그 현상이 일어나지 않는 건 아니라는 논리다. 이는 상당한 설득력 있었다.

사람들은 하고 싶은 것을 간절히 바라면서도 그 방법에 대해서는 생략하고 싶어 하는 경향이 있다. 가령, '부자가 되고 싶다.'라던 지 '연애를 하고 싶다.'라는 바람을 갖고 있으면서 막연한 바람이 저절로 이루이기를 바라지 스스로 움직이려고 하지 않는다.

나 또한 비슷한 믿음을 갖고 있었다. 내가 이루고 싶은 것이 저절로 이루어지거나 손쉽게 이룰 수 있는 어떤 마법과 같은 힘을 항상 기대하고 살았다. '상상만 하면 이루어진다.'라던 지, '종이 위에 글을 쓰면 이루어진다.'라던 지의 '알라딘'

의 요술 램프와 같은 마법이 항상 주변에 있을 것 같다는 기대하고 살았다.

공부하지 않았음에도, 전교 1등이 되게 해주세요.

일하지 않았음에도, 갑자기 100만 원이 생기게 해주세요.

책을 쓰지 않았지만, 나의 책이 많이 팔리게 해주세요.

학교는 나가지 않았지만, 결석하지 않은 거로 해주세요

이처럼 터무니없는 이야기일 뿐이다.

우리는 원하는 것을 간절하게 바라게 될 때, 그것을 이루고 싶은 마음이 간절해진다. 그리고 그것을 이룰 방법들을 열심히 고심하게 된다. 상상만으로 이루어진다는 마법과도 같은 논리를 벗어나 상당히 효과적인 다른 방법들을 사용했을 가능성이 크다.

내가 언어 공부를 할 때, 있었던 일이었다. 나는 최대한 빨리 완벽한 영어를 공부하기 위해, 시중에 판매하는 책 중 "영어공부 이것만 하면 완성!" 혹은 "며칠 만에 원어민처럼 대화하기", "몇 문장만 외우면 영어 능통해진다." 등의 편법을 찾아 헤맸다. 하지만 언어라고 하는 것은 그렇게 단기간에 능통해지지 않는다. 수많은 책과 영상들은 사람들의 그럼 욕심을 마케팅으로 이용한다. 그런 마케팅은 그리고 틀림없이 성공한다.

지금도 인터넷에 구인 광고에 보면 쉽게 돈 버는 방법에 관련한 수많은 글이 넘쳐난다. 그들의 논리가 일부는 믿음이 가기도 하고, 심지어 혹하기도 한다. 하지만 세상은 그렇게 간단한 원리로 움직이지 않는다.

언어를 공부할 때 나도 수많은 편법을 찾아 돌아다녔다. 기도도 해보고 글쓰기도 해보고 상상도 해보았다. 하지만 마법과 같은 일은 일어나지 않는다. 사람들이 말하는 영어를 잘하는 비법을 참고하여 미국 영화나 드라마도 꾸준하게 챙겨보고 매일 영어 일기도 썼다. 심지어 혼자 있는 상황에서는 영어로 혼잣말을 하거나 '상상'도 했다.

내가 영어를 잘하게 된 이유는 어떠한 한 가지 때문이 아니다. 나는 TV를 볼 때면 항상, 영어가 나오는 프로그램으로 찾아보았고, 친구를 사귈 때도 외국인 친구와 많이 지냈으며 일기는 영어로 쓰고 잠잘 때는 영어가 흘러나오는 영화를 틀어놓고 잠을 잤다.

결과적으로 무엇이 나의 영어 실력을 향상했는지는 알 수 없다. 아주 그러한 간절함은, '상상'과 '글쓰기'라는 행위를 대동한다. 정말 간절한 사람들은 기도됐든 글쓰기가 됐든 상상이 됐던 여러 가지를 실행에 옮겨본다. 그중 그 실체를 확실히 하는 행위가 '쓰기'인 것만은 확실하다.

내가 20살이 되었을 때, 나는 군대에서 나의 20년 계획을 세웠다. 계획이라기보다 하고 싶은 리스트와 해야 할 리스트 그리고 이루어야 할 목표 등을 기록했다. 수년이 지나고 나서 다시 찾아본 나의 수첩에는 이미 이루었다는 'X' 표시가 가득했다.

그것은 [쓰면 이루어진다] 라는 나의 망상에 근거가 되었다. 그 이후로도 나는 이루고 싶은 일들은 글로 썼다. 그것들은 단지 쓰는 행위만으로 상상하는 행위만으로 이루어지지 않았다. 방식에 의문이 생길 때쯤 느낀 바가 있다. 이유는 간단했다. 내가 또다시 손쉽게 바람을 이루려고 했기 때문이다.

쓰면 이루어지는 것은 결과적으로 보면 '확실히 된다.'라는 표현보다 '확률이 높아진다.'라는 표현이 맞다. 우리가 하는 바람들은 대부분 상대적으로 목표에 대한 체계가 없는 막연한 경우가 다반사이다. 하지만 이를 글로 나열하다 보면 그

막연한 목표는 객관적인 형태가 된다.

목표를 종이에 기록하는 것은 두뇌의 일부분인 망상활성화(網狀活性化) 시스템을 이용하는 일과도 같다. 이 시스템은 받아들인 정보를 중요한 메시지와 그렇지 않은 메시지로 구분하여 두뇌의 활성화 된 부위에 전송한다. 그리고 중요하지 않다고 생각한 부분을 우리의 잠재의식 속으로 전송한다.

이는 우리가 살면서 듣거나 보게 되는 다양한 소리와 시각들에 대해서 중요도를 나누고 인식의 정도를 구분해준다. 비오는 날 빗소리, 도서관에서 책 잘 넘어가는 소리, 자동차 지나가는 소리 등등 그리 중요하지 않은 소리 들을 걸러내고 급하게 해야 할 일들에 대해서 암시하는 소리가 들릴 때만 그의식을 깨운다. 아무리 시끄러운 클럽 안에서도 누군가가 부르는 나의 이름에는 귀가 쫑긋해지는 것과 같다.

어린 시절 나는 우연히 '사모합니다.'라는 어휘를 만화에서 본 적이 있었다. 만화 영화를 한참을 빠져보다가, 모르는 단어가 나오자, 나는 옆에 있던 어머니에게 그 뜻을 물어봤다. 그러자 어머니께서는 그것은 '사랑합니다.'의 다른 뜻이라고 말씀해주셨다. 그 뒤로부터 나는 희한한 경험을 많이 했다. 전에는 들리지 않던 '사모한다.'라는 어휘가 생각 외로 생활에서 많이 쓰이고 있었다. 어느 드라마에서도, 우연히 보게 된 책에서도 '사모합니다.'라는 표현이 자꾸 나의 눈에 보였다.

이렇듯 망상 활성화 시스템은 두뇌에서 중요도를 나누는 역할을 통해, 내가 인식하고자 하는 일에 인지능력을 키워준다. 그리고 이렇게 목표를 기록하는 행위를 통해, 우리는 목표라고 하는 것을 무의식 형태를 형태로 바꾸고 그것에 대해 중요도를 크게 인식한다.

나는 얼마 전 최근 전기 자동차를 샀다. 남들이 사지 않는 자동차를 사고 싶다는 내 생각에 따라 전기자동차를 샀다. 그후, 얼마 지나지 않고 희한한 경험을 하게 된다. 도로 위를 가다가, 신호를 받고 우연히 서 있을 때면 항상 나의 앞에는 전기 자동차가 서 있는 것이 아닌가? 아무래도 전기자동차는 일반 내연기관 자동차보다 그 숫자가 훨씬 적다. 하지만 내가 전기 자동차를 구매한 시점부터 세상에 전기 자동차가 흔해진 것 같은 착각이 들었다. 어디를 가도 전기 자동차가 보이고, 전기자동차 충전소라던지, 전기 자동차 할인 혜택에 관련

홍보 글이 쉽게 눈에 띄었다. 어째서, 그런 글과 홍보들은 내가 사기 전에는 보이지 않았던 것일까?

비슷한 예로 학창시절 그리고 사회생활을 하면서 쌍둥이를 직접 만나본 적이 거의 없었다. 심지어 나의 주변에도 쌍둥이가 흔치 않다고 생각하고 살았다. 하지만 쌍둥이를 출산하고 희한한 경험을 하게 됐다.

동네에 있는 '쌍둥이 농장', '쌍둥이 식당' 하며 유치원에 있는 아이 중 매우 많은 아이가 쌍둥이라는 사실 또한 알게 되었다. 이처럼 목표를 기록하는 일은 특정한 것에 민감하게 반응하도록 두뇌의 의식을 불어 넣는 행위와 같다.

이렇게 두뇌가 그 일에 대한 중요도를 인식하는 순간, 우리의 두뇌는 무의식적으로 그 목표를 향해 작동한다. 다시 말하면, 우리가 자는 순간에도 꿈을 꾸는 순간에도 우리의 뇌는 우리도 모르는 사이에 그 목표를 향해 쉬지 않고 작동한다는 것이다.

글을 쓰는 행위는 그 목적에 대한 의식을 키워준다. 무의식 속에서 발견하지 못하는 또 다른 기회와 방법들에 대해 발견할 수 있도록 도움을 준다. 글을 쓰면 마법과 같이 세상의 작

동하는 것이 아니라 우리 내부에서 일어나는 다양한 화학작
용들로 인해 우리의 미래를 바꾸게 하는 것이다.

당신의 글이 세상을 바꿀 수도 있다

소프트뱅크의 손정의 회장은 1957년 8월 일본 사가현도스
시에서 출생한 재일 한국인 3세이다. 일본 최고의 부자인 그
의 별명은 지금도 허풍쟁이이다.

'그의 눈에서 열정을 봤다.'

영어교사를 하고 있던 어느 중국인 남성의 이야기를 들은
지 6분 만에 손정의 회장은 204억 원이나 되는 투자를 결정했
다. 이것이 바로 우리나라 최대 기업인 삼성전자보다 1.5배의
시가총액을 자랑하는 중국 알리바바의 시초이다. 그 일이 있

고, 14년이 지난 후 손정의의 투자금은 3,000배로 불어났다.

그의 허풍에 관련된 예는 그 밖에도 상당히 많다. 1981년 9월 자본금 1천만 엔으로 단 2명의 사원을 데리고 그는 호기롭게 일본 소프트뱅크를 설립했다. 그가 회사를 설립한 첫날, 그는 사과 궤짝을 엎어놓고, 그 위에 올라가 '1조엔 매출 목표'를 역설했다. 이에 아르바이트 사원 두 명은 어안이 벙벙한 표정으로 그를 바라봤고, 이때 받은 충격으로 두 달이 지난 후, 그를 '미친놈'이라고 욕하고 회사를 떠났다.

평범한 우리의 눈에 허무맹랑한 그 이야기들은 모두 현실이 됐다. 지금 사람들은 본인이 겪어보지 않은 일을 이야기하는 사람에게 '허무맹랑하다.' 혹은, '비현실적이다'라는 말을 한다. 그로써 그 도전의 날개를 꺾어 놓으려 한다. 하지만 그런 사람들의 현실과 앞으로 자신의 현실이 같지 않게 하기 위해선 반드시 새로운 시작이라는 도전을 겪어야 한다..

그런 그가 허풍쟁이라는 별명을 갖고 있는 것은 그의 말이 일반인의 상식선에 있지 않은 '도전'들이었기 때문이다. 그를 비웃던 사람들의 현실을 벗어나 비현실은 신화가 되었다. 어찌 됐건 그런 그는 자신의 성공 비결을 묻는 말에 이렇게 대답하곤 했다.

"나는 10대 때부터 말도 안 되는 허풍을 떨곤 했다. 그렇게 호언장담을 하고 나면, 궁지에 몰리게 된다. 그런데, 그게 오히려 강한 책임감과 동기부여로 작용해 어떻게든 그것을 사실로 만들기 위해 노력하게 한다. 이것이 나의 지도력이다."

나는 그의 말에 매우 공감한다. 어린 시절 나는, '지키지 못할 약속은 하지 않는 것이 중요하다'라는 말을 듣고 자랐다. 지킬 수 있는 약속만 말할 수 있는 시절이 계속될수록, 내 성격은 소심하게 변해갔다. 하지만 우연히 읽은 책 때문에 나는 성격이 바뀌었다.

'지킬 수 있는 약속'이라는 부담에서 벗어나 '내가 할 수 있다'라는 허풍을 뱉는 것이다. 그렇게 한차례 허풍을 치고 나면 소심한 성격은 그 말이 거짓말이 되지 않기 위해 부단하게 노력해야 했다.

내가 만으로 스무 살이 되던 해, 나는 해외 유학을 하고 싶었다. 하지만, 마주한 현실은 나의 발목을 잡는 일투성이였다. 주변의 많은 친구와 지인들은 나의 선택을 걱정하기도 했다. 나 또한 아직 일어나지 않은 일에 막연한 두려움이 있었다. 그럴 때일수록, 나는 손정의 회장처럼 허풍을 치곤 했다.

허풍은 나를 가만히 안주하는 걸 좋아하는 성격인 나를 등 떠미는 추진체 역할을 해준다. 주변에 뱉어 놓은 많은 말들이 원인이 되고, 추진력이 되어, 나는 모든 것을 뒤로 한 채, 나 혼자 외국으로 떠나기로 했다.

"나 유학 간다."

바로 덜컥 비행기 표를 끊어버렸다.

그렇게 일이 저질러지고 나면 그다음 상황은 항상 알아서 진행된다. 세상은 굉장히 복잡한 수학 문제처럼 얽혀 있다. 우리가 그 문제를 풀기 위해 아무리 노력해도 복잡한 문제는 보기만 해도 기겁하게 되고 겁을 난다.

수학을 풀 때는 한 번에 모든 정답이 풀리지 않는다. 간단한 몇 차례의 단계를 거치며 하나하나 풀어가다 보면 어느새 정답이 나오게 되어 있다. 때로는 복잡한 수학 공식의 정답이 단순하게도 '1'인 경우도 있다. 문제가 복잡하다고 정답 또한 그래야 한다고 믿을 때 우리는 많은 것들을 놓치게 된다.

나는 세상을 바꾸길 원하지 않는다. 그리고 세상을 바꾸기 위해 글쓰기를 시작하지도 않았다. 하지만 나로 인해 조금이라도 세상이 바뀔 수도 있다는 가능성은 언제나 열어 놓고 살고 있다. 그 가능성은 나와 내 생각이 노출될수록 높아진다.

내가 20살이 되었을 때, 나는 내가 항상 몸처럼 가지고 다니던 수첩이 있었다. 거기에는 나의 목표를 항시 적어두고 다녔다. 살면서 내가 이루어야 할 것들이나 해야 할 일들을 리스트로 정리해서 하나씩 행하다 보면, 어느새 모든 일이 현실로 이루어져 있었다. 놀라울 따름이다.

그렇게 내가 많은 일을 현실로 이룰 수 있다는 오만함에 빠져 더 자신을 가꾸지 않고 있을 때부터 나의 목표들은 쉽게 이루어지지 않는 현실이 되었다. '나의 비결 하나면, 누구나 꿈을 이룰 수 있는데, 어째서 사람들은 무거운 엉덩이를 바닥에 붙이고 움직이지 않을까?' 하며, 오만하게 그들을 판단했다.

그리고 시간이 지나 나에게도 슬럼프라는 시간이 따라왔다. 어느덧 내가 가장 싫어하던 현실에 안주하는 또 다른 나를 발견하게 되었다.

그때 든 생각을 하나 있다. '좋은 일이 있기도 하고 나쁜 일이 있기도 하면서, 인생은 흘러가는 거로구나.'

더 내가 주도권을 쥐지 못하는 현실에서 마음속으로는 그 현실을 벗어나려고 발버둥 치였다. 하지만 실제로는 아무 행위도 하지 않는 나를 보며 '참 게을러졌구나!' 생각이 들었다. 다시 글쓰기를 시작했다.

그렇다. 살다 보면 이런 일도 있고 저런 일도 있다. 갑작스럽게 우리가 쓴 글이 누군가에게 좋은 영향을 주어 그들의 삶을 바꾼다면, 우리에게는 작은 행위가 누군가에게는 한세상이 바뀐 것이나 다름이 없다. 이처럼 나의 글을 읽은 어느 누군가의 세상이 바뀐다면 우리는 작지만 위대한 변화를 만들어가는 창조자가 될 수 있다.

미래를 예측하는 방법

나는 미래가 정해져 있다고 생각하지 않는다. 그 때문에 인생이 재미있다고 생각한다. 각본처럼 다 짜여있는 인생에 우리가 꼭두각시처럼 연극배우 역할만 충실히 하고 있다고 생각한다면, 인생은 얼마나 고리타분하고 시시한 시간의 흐름일 뿐인가?

인생을 주체적으로 사는 것은 나의 목표이자 꿈이다. 이렇듯 내가 인생을 주체적으로 산다는 것을 철학이라고 말하면서, 미래를 예측하는 방법이라는 글을 쓰는 것은 단순하다.

한 청년이 1년 전부터 오늘까지 점심마다 꾸준하게 라면만 먹었다고 치자. 그리고 나에게 와서 묻는다.

"제가 내일 점심은 무엇을 먹을 것 같습니까?"

"라면을 먹을 확률이 높겠죠."

한 여성이, 3년 전부터 꾸준하게 글을 써왔다. 하루도 빠짐없이 꾸준하게 글을 써온 그녀가 나에게 묻는다.

"저는 어떤 직업을 해야 좋을까요?"

"작가를 하면 좋겠지요."

주식을 하는 사람들은 가끔 차트 분석이라는 것을 할 때가 있다. 어제, 그저께, 혹은 지난주, 지난달에 사람들이 사고팔던 기록을 보면서 내일은 혹은 다음 주는, 아니면 다음 달은 어떨지를 맞힌다.

어느 날은 내가 아는 한 선생님이 나를 부르셨다. 보기 어려운 차트를 보여주며 나에게 차트분석에 관련한 간단한 이론을 설명해 주었다. 어떠한 원리에 의해 어제와 오늘이 이런 차트를 그렸으니, 오늘은 이런 차트를 그릴 것이라며 자신의 예측을 신뢰했다.

하지만 나는 그의 그런 예측을 믿지 않는다. '주가'라고 하는 것은 기업의 가치를 뜻한다. 기업의 어제와 오늘의 가치가 내일에 반영될 수는 있으나 그것이 정답이라고 말할 수는 없다. 어제 라면을 먹던 청년이 내일 친구와 약속으로 돈가스를 먹으러 갈 수도 있고 3년간 꾸준히 책 글을 써오던 여성이 어느 날 갑자기 춤과 노래에 빠져들 수도 있다.

우리의 인생은 알 수가 없다. 하지만 어제와 오늘의 우리를 보면 내일의 우리를 조금이나마 예상할 수 있다. 그렇다면 어제와 오늘의 나를 봤을 때 내일의 나는 어떤 모습으로 되어 있을까? 아무것도 달라진 것 없이 시간이 흐른다고 과연 나는 달라질까? 내가 글쓰기를 본격적으로 시작하기 전 나는 이런 물음을 혼자 하고 답해보았다.

결과적으로, 내가 가진 어떤 순환의 고리를 벗어나 새로운 단계로가 넘어갔어야 했다. 그것이 무엇인지를 고민하던 내가 깨달은 것은 바로 글쓰기이다. 많은 사람이 아무런 대비 없이 내일을 맞이하고 있다. 나 또한 그러고 있다. 하지만 나의 글쓰기는 어느덧 이렇게 책이 되어, 잊히지 않는 자산이 되었다. 당신의 글쓰기에는 당신의 과거가 담겨 있다. 글쓰기는 참으로 재미있는 것이다. 과거를 담기 위해 현재를 사용하며 미래에 보상을 받는 이 행위를 나는 많은 사람이 했으면 한다.

미래를 예측하는 방법은 간단하다. 100%를 맞출 수는 없지만, 나의 오늘 행동은 어제 행동의 연속성에 의한 흐름을 가질 것이다. 어제 출근을 한 사람은 오늘 출근할 가능성이 크고 어제 담배를 피운 사람은 오늘 담배를 피울 확률이 높다. 당연히 어제 한 달 전부터 도서관을 가는 사람은 오늘도 도서관을 갈 가능성이 크다. 그렇다면, 내일은 어떨까?

어렵지 않다. 무조건이라고 말할 수는 없지만, 어제와 오늘 했던 행동을 토대로 내일을 예상할 수 있다. 한 달 전부터 꾸준하게 도서관을 간 사람이 내일도 도서관에 갈 확률을 이야기하는 것과도 같다. 우리는 어제와 오늘을 잊지 않고 알고 있어야 하며, 그것을 가능하게 하는 것은 '기록'이 전부이다.

호모 사피엔스의 문명 시작을 '농업혁명'으로 보았던 유발 하라리의 저서 '사피엔스'에서 '기록'과 '문자'에 대해 지난 잘못을 기록하여 미래의 실수를 줄이는 것에서 문명의 발전이 시작됐다고 했다. 기록은 과거를 돌이켜 볼 수 있는 거울이 되고 내일을 예측할 수 있는 데이터가 된다.

당신이 오늘 무엇을 했는지, 한 달 전에는 무엇을 했는지, 작년 오늘 날짜에는 무엇을 했는지, 어떤 생각을 하고 살았는지. 그것들을 명확하게 알 수 있다면, 당신은 내일을 예측할 수 있는 사람이 된다. 그것이 글쓰기의 힘이자, 기록의 힘이다.

인풋과 아웃풋

언어를 배우면서 가장 많은 고민을 했던 부분이기도 하고, 실질적으로 언어를 가르치면서 가장 많이 듣던 질문이기도 했다.

듣기는 잘되는데, 말하기가 안돼요.

읽기는 잘 되는데, 쓰기가 안돼요.

'우리가 영어를 잘한다. 혹은 일본어를 잘한다.' 등을 이야기할 때, 포괄적인 언어의 전반을 이야기한다. 하지만 엄연히 따지자면, '언어'라고 하는 것은 '언(言)'이라고 하는 '말하기와 듣기' 그리고 '어(語)'라고 하는 '쓰기'와 읽기'의 구성으로 나누어진다. 이 구성은 서로 비슷한 연관성을 가지고 있지만, 실질적으로 4개의 분야는 완전히 다른 분야로 나누어진다.

언어라고 하는 하나의 분야로 인지하기 때문에, 혼자서 습득하기 쉬운 '읽기'와 '듣기'에 치중하여 공부한다. 이는 상대가 알려준 정보를 일반적으로 인풋(Input) 하는 것에 그치지 않는다. 이렇듯 읽기와 듣기는 불특정 다수에게 한 개인이 영향력을 행사할 수 있는 가장 효과적인 방법인 동시에 가장 쉬운 방식으로 학습할 수 있는 방식이다.

이는 상대의 이야기를 받아들이는 데 효과적이지만, 학습에 대한 태도를 수동적으로 만들어 놓는다. 즉, 상대의 말이 100% 옳다는 가정하에 수동적으로 정보를 받아들이는 태도일 뿐이다.

이는 경제 개발 시대에 우리 아버지들이 선진국의 문화와 견제를 받아들이며 선진 문화와 경제를 빠르게 모방하고 학습하는 효과적이었다. 하지만 현재의 대한민국은 서방 선진국과 경제적, 문화적 격차가 크게 줄고 오히려 우리의 문화를 외부로 알려야 하는 위치에서 이제는 인풋(Input)보다는 아웃풋(Output), 즉 말하기와 쓰기가 훨씬 더 중요한 역할을 하게 될 것이다.

아웃풋(Output)은 상대에게 내 생각과 정보, 정보를 전달하는 방식이다. 이는 인풋(Input)에 비해 더 고차원적인 사고를 요구한다. 상대의 요구나 호기심에 대한 적절한 인지와 더불어, 상대의 감정과 요구에 대해 적기 적소에 생각을 피력해야 하므로, 더 차원 높은 사고가 필요하다.

저출산 문제가 대두되고 있는 요즘 시대에 많은 사람이 의아해할 수 있지만, 2014년 기준으로 교사 1인당 학생 수는 초등학교가 16.9명, 중학교가 16.6명, 고등학교가 14.5명으로 OECD(경제협력개발기구)의 평균인 15.1명, 13.0명, 13.3명보다 많다. 학급당 학생 수 역시 초등학교가 23.6명, 중학교 31.6명으로 OECD(경제협력개발기구) 평균 초등학교 21.1명, 중학교 23.6명보다 여전히 많다.

이제는 과거에 중요시되던 '받아들이는 정보'에서, '내보내는 정보'가 중요하게 된 것이다. 산업이 고도화되고 선진화되면서, 자기 생각을 피력하는 능력이 더 큰 시장을 확보하게 된다. 이에 따라 우리의 아이들은 낡은 교육 방식을 벗어나,

아웃풋(Output) 하는 능력을 배워야 한다.

대표적인 아웃풋(output) 능력은, 말하기에서는 '강연'이 될 수 있고, 쓰기에서는 '집필'이 될 수 있다. 자신의 지식과 생각을 다른 사람들에게 전달하는 이 대표적인 방식은 불특정 다수를 상대로 한다. 불특정 다수를 상대로 할 때는 시간과 공간에 대한 제약을 받는다. 특히나 말하기가 그렇다. 그러한 이유로 많은 기회를 놓치게 된다면 쓰기는 여전히 유용한 아웃풋이 아닐까?

어째서 '글쓰기'가 대세가 되어야 하는가?

글쓰기는 사실 가장 효율적인 아웃풋(Output) 방식이다. 우리는 1,000년 전, 역사가의 생각과 정보를 지금도 받아들이고 있다. 반영구적이면서, 시간과 공간을 초월하는 이 아웃풋(Output)은 인류가 가진 가장 최고의 소통방식일지도 모른다. 아무리 좋은 언변을 가진 강사의 정보도, 시간 앞에서는 속수무책이다. 또한, 아무리 좋은 강연이라 할지라도, 시간이 지나고 나면 그 빛이 바래게 되어 있다.

하지만 우리는 500년 전, 조선 중기의 문신(文臣)이며 서예가(書藝家)로 이름이 높은 양사언(楊士彦, 1517년~1584년)

의 시조를 아래와 같이 오해 없이 이해할 수 있다.

'태산(泰山)이 높다 하지만 하늘 아래 산이로다.

오르고 또 오르면 못 오를 리 없건만

사람이 자기 스스로 오르지 않고 산을 높다 하는구나.'

이 시조의 종장에서 지은이는 이렇게 노래한 이유를 친절하게도 밝히고 있는데 그 이유는 사람들이 산을 오르지 않고서 오르기를 포기하기 때문이라고 밝혔다. 그의 그 지적은 그 시대 사람뿐만 아니라 그다음 세대와 다음 세대를 넘어, 500년이 넘는 시대를 관통하는 교육이 되었다. 그는 시 한 구절로 500년이 넘는 시간 동안 여러 세대에게 가르침을 주는 스승이 되었다.

만약 그가 위의 내용을 여러 사람 앞에서 말로써, 남겼다면 그의 명시는 지금 우리에게도 오해 없이 전해지고 있을까? 그런 의미에서 '말하기'보다는 '쓰기'의 파급력이 훨씬 더 강하다는 것을 우리는 이해 할 수 있다.

나는 상대적으로 말하기보다 쓰기를 더 선호한다. 그 이유는 말하기는 다듬어지지 않는 생각을 전달하는 반면 쓰기는 잘 다듬어진 생각을 전달한다는 데에 의미를 두고 있다.

위의 주제인 인풋(Input)과 아웃풋(Output)에 관해 이야기를 할 때도, 말하기로는 객관적인 수치나 정보에 대한 예시를 검열할 여유가 존재하지 않는다. 반면, 쓰기의 경우에는 때에 따라서 사용하는 적절한 어휘나, 예시들을 차분하게 정리하고, 수정할 시간적 여유가 주어진다.

받아들이는 자는 듣기나 읽기에서 둘 다 같은 시간을 사용한다고 하더라도, 즉석에서 이루어야 하는 말하기에 비해 쓰기는 수 시간, 수개월, 수년간 다듬을 수 있다. 같은 내용이라 할지라도 쓰기는 오랜 기간 다듬어진 정보이다.

예전 읽었던 책에서 자신의 소신에 대해서 아주 똑 부러지게 설명했던 작가를 알고 있었다. 그의 소신과 철학에 대한 믿음이 강해서 그의 책을 여러 차례 읽어보았다. 그리고 그의 철학을 배웠던 적이 있었다. 그러다가 우연하게도 인터넷 어느 곳에서 그가 인터뷰하는 장면을 본 적이 있다. 그의 글에서 느껴지던 강한 문체나 자신감보다는 내성적이고 불안한 목소리에서 나는 그의 소신에 대해 정확하게 전달받지 못했다.

아직도 그의 소신과 철학에 대해서 신뢰하지만, 최초 그의 이야기를 '글'이 아니라, '말로서 들었다면, 과연 나는 이와 같은 충격을 갖게 되었을까 싶다.

말하기는 그날의 상황과 몸 상태, 감정과 건강상태 혹은 성격에 따라서 많이 달라진다. 즉 우리가 파악해야 할 정보가 비단 말뿐만 아니라 비언어적인 정보들로 인해 필요한 정보가 가려지는 경우가 많다. 우리가 글쓰기를 배우는 것은 같은 아웃풋(Output)인 말하기보다 더 중요하다고 할 수 있다.

쉽게 쓰자

글을 쓰다 보면, 나만의 사고에 심취해 상대가 어떻게 받아 드릴지를 잊고 무아지경으로 써 내려갈 때도 있다. 한때는 나도 읽기 어려운 글이 수준과 차원이 높은 글이라고 착각하고 최대한 읽기 어렵게 쓰려고 노력했던 적도 있었다.

하지만 글쓰기라고 하는 것은 단순히 기록을 넘어 누군가에게 정보 전달을 하는 행위이다. 당연히 많은 사람이 읽을 수 있도록 쓰는 것이 중요하다. 나 혼자만의 세계에서 허우적대며 써 내려간 내용은 읽기가 어렵다. 중학생도 이해할 수 있도록 글을 써야 한다. 그러다 보면 부단하게 퇴고하고 재미 있는 예시를 넣어야 한다. 또한, 전달이 쉽고 쉬운 어휘를 넣어야 한다. 이렇게 완성된 글은 남녀노소들에게 쉽게 가볍게 읽힌다..

글을 읽다 보면, '술~술~' 넘어가는 책과 도저히 한 문장이 이해가 되지 않아 여러 번 읽어야 하는 문장의 글이 있다. 장기적으로 보면 쉽지 않게 읽어지는 글을 여러 차례 읽으며 훈련을 하다 보면 문해력이 한 단계 더 발전하기도 한다. 하지만 중요한 건 최초의 목적인 많은 사람에게 알리기이다. 굳이 문해력이 좋은 사람들에게만 해당하는 글쓰기를 하는 것은 한글 창제를 반대했던 조선 시대 기득권 사대부의 오만함과도 같다.

군대에 있거나 뉴질랜드 시골에서 일할 때, 넓은 세상을 마음껏 여행하고 싶었다. 하지만 그런 기회는 현실적으로 쉽지 않았다. 내가 선택한 방식은 책이었다. 특히 여행 기행문과 같은 책들은 단순하게 글로만 쓰여 있으면 재미도 없고 몰입도 또한 떨어진다.

나는 이런 기행문이나 여행 서적을 읽을 때는 얼마나 사진과 지도들이 잘 첨부되어 있는지를 살펴본다. 그러다 보면 자리에 앉아서 그들이 겪었던 경험에 대해 생생한 간접 경험을 얻게 된다….

그렇게 쉽게 시간과 공간을 초월시켜주는 책을 '좋은 책'이라고 부른다. 고상한 척, 멋있는 한자어와 영어로 자기 자랑을 일삼는 글들은 사실 좋은 글이라고 할 수 없다. 그런 이유에서 가장 좋아하는 작가 중 하나인 '김영하 작가' 또한 쉽게 쓰기를 지향한다고 했다. 최대한 부사를 빼고 수동태 표현을 빼고 명료하게 쓰기.

지금도 나는 의식적으로 나의 글쓰기를 위해서 언급한 방식을 사용하려고 노력한다. 수많은 시행착오를 겪으며 독자들에게 전달되기까지 어떻게 하면 단순하고 깔끔하게 읽힐까를 고민하는 것은 작가가 갖는 독자에 대한 배려이자 공감대라고 할 수 있다.

어디에 글을 써야할까?

내가 만 스무 살이 되던 해, 나는 군대에서 군 복무 중이었다. 당시 외출 중 우연히 골목에 있는 작은 문구점을 들어갔다. 거기에서 조그마한 PD수첩을 샀다. 수첩을 사고 나면, 제일 처음에 기록하게 될 글이나 내용에 대해 심사숙고했다. 앞으로 어떻게 이 수첩에 들어갈 방향이 정해질 첫 메모는 매우 중요한 의식이었다.

나는 수첩을 사고 나서 한참을 아무것도 쓰지 않고 들고만 다녔다. 깨끗한 것이 완전하다고 생각이 들었던 새 수첩을 한참을 들고 다니다가, 어떤 글을 우연히 메모하게 되었다. 그 메모를 찢고 다시 새로운 마음으로 시작하기를 반복했다. 수첩의 본 목적을 망각했다. 수첩은 깨끗하게 보존하는 것이 아니라 그저 기록하는 도구일 뿐이다.

이후부터 나는 수첩을 사자마자 수첩을 함부로 대한다. 첫 장에는 일부러 악필로 글을 쓰기도 한다. 가식적인 잘 쓴 글씨와 빳빳한 느낌의 수첩은 왠지 내 것 같지 않았다. 수첩을 사자마자 편하게 그것을 사용할 수 있도록 길을 들인다. 항상 바지 주머니 속에 놓고 다니는 수첩은 시꺼면 손때가 묻어갈수록 완전한 나의 것이 된다.

수첩을 분류해서 사용하지 않는다. 수첩은 일기이기도 하고 플래너이기도 하고 달력이기도 하고 독후감이자 편지도 되기도 한다. 아무런 형식에 구애받지 않고 내 생각을 마구 쏟아 놓는다.

꼭 먹어봐야 할 리스트 10

살면서 꼭 가봐야 할 장소 10

이번 달에 읽은 책 순위

등등 의미 없는 순위도 매겨보고 10년 뒤 나에게 편지도 써본다. 근래 읽은 소설의 주인공에게도 편지를 써보기도 하고, 붙이지 못할 누군가에게 편지를 쓰기도 한다. 이렇듯 글을 갖고 놀다 보면 세상을 바라보는 시선이 많이 달라진다.

특히 가장 재미있는 놀이 중 하나는 [글 그리기]이다. 이는 그저 눈앞에 있는 상황이나 사물을 글로써 그려보는 것이다. 지금 글을 쓰는 이 순간을 예를 들어보겠다.

[딸아이인 다율이를 무릎에 앉히고, 키보드를 두들긴다. 커다란 커브드 모니터에 대부분이 어린이용 애니메이션으로 채워져 있다. 이제 24개월이 된 딸아이는 조그만 창에 작성되는 글이 무엇을 뜻하는지 모른다. 언젠가 아버지가 쓴 글을 보면서, 지금의 오늘을 기억할지 모르겠다.]

이런 식의 글을 적어놓는 것이다. 이렇게 글을 적어두는 행위는 상황을 구체적으로 묘사한다는 면에서 그림이나 사진보다는 부족할지 모르지만, 감정이나 생각을 더 깊이 있게 전할 수 있다는 의미에서는 그 어떤 그림이나 고해상 카메라보다 훌륭하다.

이런 놀이는 비단 눈에 보이는 일만 기록 하는 것은 아니다. 가령 그림의 주제를 [가장 행복한 순간]으로 잡고 그 순간을 그려보는 것이다.

은빛으로 반짝이는 강물이 눈 앞을 흐르고 있다. 아주 고요한 강물을 무념무상의 상태로 십 여분을 지켜본다. 오른쪽에는 아버지와 낚시를 하는 어린 백인 아이가 보인다. 저 고요한 강물처럼, 그들의 인생도 고요하고 평화스러워 보인다. 내가 앉아 있는 벤치는 오래된 나무로 만들어져 있다. 따뜻한 감성의 나무 벤치에 파릇파릇 잔디를 밟고 앉아 있다. 고향에 대한 향수가 아득하지만, 이대로도 좋다. 뭐든지 그대로 좋다.

내가 뉴질랜드에서 강물을 하염없이 바라보던 시기에 상황을 글로 그려보았다. 이렇게 글을 쓰다 보면, 사실 모든 상황을 아름답게 만들어 낼 수 있다. 그 시절 평화로운 현지 분위기와는 다르게 속으로 많은 고민을 갖고 살았다. 외로움과 미래에 대한 막연한 걱정들을…… 하지만, 그 상황을 최대한 아름다움을 강조하여 글을 그린다. 그것이 핵심이다.

나의 수첩은 이런 식으로 채워진다. 유학하던 시기에 스마트 폰이 없었다. 오히려 8bit 단조로운 음이 나오는 검은색 핸드폰을 들고 다녔다. 당연히 기능은 문자와 전화 그뿐이었다. 당시 기계를 신뢰하지 않았다. 그런 의미에서 나는 모든 사람이 스마트 폰을 가지고 다니던 시기까지 스마트 폰을 갖지 않았다.

그저 앞서 말한 8bit의 핸드폰에 수첩을 들고 다녔다. 수첩에 항상 사람들의 전화번호를 적어두고, 핸드폰에 입력하지 않았다. 어디선가, 우리가 기계에 기억을 의존하면서 두뇌의 능력 중 일부가 약해진다는 글을 본 적이 있다. 단지 그런 이유 때문은 아니지만 직접 누군가에 전화할 때, 꾹꾹 내 손으로 상대의 전화번호를 누르는 어린 시절 향수를 즐겼는지도 모른다.

그러다 '아이팟'이라는 MP3를 구매했다. 내가 이것을 구매한 이유는 한국에 있는 부모님과 통화나 메신저를 무료로 주고받을 수 있다는 장점 때문이었다, 살면서 사진 한 장 제대로 남기지 못하는 유학 생활에 대한 후회 때문이기도 했다.

내 첫 번째 스마트 폰도 그렇고 지금도 나는 '펜'이 있는 스마트 폰을 사용한다. 주변에서 한 손에 쏙 하고 들어가는 가

벼운 핸드폰을 선호했지만, 첫 번째 핸드폰부터 지금까지 줄곧 무겁고 큰 스마트 폰을 선호한다. 그 이유는 이렇다. 샤워하다 보면 문득 어떤 중요한 정보나 아이디어가 생각날 때가 있다. 그런 갑작스러운 상황에 양손으로 타자하는 것은 나는 아직 서툴다. 급하게 펜을 '휙'하고 꺼내서 악필로 끄적여 둔다. 물론 나중에 나 자신도 읽지 못하는 부분도 있지만 이런 순간을 놓치는 것이 더 두려워한다.

나도 예전에는 어디에 무엇으로 글을 쓰는지에 대해서 많은 고민을 한 적이 있다. 스마트 폰과 컴퓨터로 일기도 작성하는 친구를 보면 저것이 정답 같기도 했다. 아무래도 아날로그적으로 손으로 글을 쓰는 다른 사람들을 보면 그것이 정답 같기도 했다. 이렇게 생각이 갈팡질팡하다 보니 일기는 어느덧, 웹 안에도 있다가 노트북에도 있다가 핸드폰에도 있다가 했다. 여러 시행착오 끝에 나는 대략적인 규칙을 발견했다.

한 번은 검색해서 찾아보기도 좋고 언제든 열어볼 수 있는 웹 사이트에 글을 쓰면 좋지 않을까 싶은 생각에 일기를 웹 사이트에 적어둔 적이 있다. 그러면 인터넷이 안 되는 곳이나 상황에서는 적어야 하는 욕구를 참아야 했다.

또 어떤 날은, 항상 몸에 지닌 핸드폰에 적어 둔 적이 있었다. 하지만 이 또한 문제가 있었다. 핸드폰에 무언가를 적어 두는 연습을 하다 보니 상대와 대화를 하며 무엇을 적어야 할 때는 상대의 이야기를 무시한다든지, 성의 없이 듣고 있는 듯한 인상을 주는 듯했다. 핸드폰을 들여다보는 시간이 많아지면서 최초 메모하려고 켰던 이유를 망각한다. 그리고는 온갖 인터넷 뉴스만 뒤적이다가 무엇을 하려고 핸드폰을 꺼냈는지 잊어버리고 다시 집어넣는 일들이 다반사였다.

종이로 된 수첩에 적으려니 항상 수첩을 몸에 들고 다니는 일이 쉽지 않고 어두운 곳에서는 기록하지 못하는 슬픔도 있었다. 아이를 키우는 처지면 이해할 수 있겠지만, 밤이 되면 깜깜한 침실에서 끄적이고 싶은 순간에 욕구를 참아야 했다.

결과적으로 나의 결론은 이렇다. [구애받지 말자]

급할 땐 손에도 적었다가, 수첩에도 적었다가, 인터넷에도 적었다가 한다. 물론 이렇게 글을 이곳저곳에 쓰면 찾기도 힘들고 복잡하다는 단점도 있다. 하지만 위에서 언급한 아예 적지 못하는 순간들과 그 욕구를 참아야 하는 것들까지 따지고 들자면, 그것은 큰 문제가 되지 않는다.

꾸준하게 쓰자

우리가 음악의 신동이라는 닉네임으로 부르고 있는 볼프강 아마데우스 모차르트(Wolfgang Amadeus Mozart)는 천재라는 별명을 갖고 있지만, 실제로는 우리에게 알려진 곡보다 알려지지 않은 곡이 훨씬 많은 다작을 한 작곡가이다. 그는 오페라 약 27곡, 교향곡 약 67곡, 행진곡 약 31곡, 관현악용 무곡 약 45곡, 피아노 협주곡 42곡 바이올린 협주곡 약 12곡, 회유 곡 약 40곡, 그 외 독주곡, 교회용 성악곡, 실내 악곡

칸타타, 미사곡 등 다양한 장르를 아우르며 600여 곡을 작곡하였다.

그뿐만이 아니다. 입체파를 대표하는 천재 화가 파블로 피카소(Pablo Ruiz y Picasso)는 20세기 예술 전반에 혁명을 일으키며 미술사의 흐름을 바꿔 놓았다고 평가를 받는 천재 중하나이지만, 사실 우리가 알고 있는 작품을 포함하여, 2만 점이 넘는 작품을 남겼다. 20세기 천재 물리학자로 알려진 알베르트 아인슈타인(Albert Einstein) 또한, 우리가 알고 있는 '상대성이론'이나, '특수상대성이론' 외에도 실질적으로 240편의 논문을 발표했고, 음악의 아버지 바흐는 매주 한 편씩 칸타타를 작곡했다. 그 외로도 1,039개의 특허를 냈던 에디슨이나, 40개가 넘는 영화 음악을 만들고 17개가 넘는 솔로 앨범을 발표한 일본 최고의 작곡가 히사이시 조 또한 다작의 인물이다.

이렇듯 우리가 알고 있는 고수들은 대게 다작을 하는 경우가 많다. 그들이 떠오르는 아이디어가 많고, 훌륭한 천재성에 의한 창의력도 그들의 다작에 일조했겠지만, 사실 그들은 좋은 작품 못지않게 형편없는 작품도 많이 만들었다.

언젠가 번뜩이는 영감을 통해 일필휘지로 멋진 작품을 만들겠다는 것은 모든 신호가 전부 파란불로 변했을 때, 출발하겠다는 운전자의 마음과도 같다. 이는 어쩌면 세상과 독자에 대한 기만일 지도 모른다. 우리는 어떠한 선택을 받을지 모르기 때문에, 독자들에게 꽤 많은 선택지를 제공하고 그들의 선택을 기다리는 것이 좋다.

어떤 일이든 다작을 해본 사람들은 알 수 있다. 다작한다는 것은 사실 굉장한 시간을 소요한다. 이렇게 다양한 시간을 소요는 작업은 하루아침에 일어나지 않는다. 흔히 '글쓰기는 손이나 머리가 아닌 엉덩이로 한다.'라는 말이 있다. 최대한 오래 앉아서 끝없이 내면과의 대화를 통해 끄집어내는 글쓰기는 인내력이 필요한 작업이다.

앞서 말한 천재들의 특징은 태어났을 때부터 천재성을 가진 사람도 있겠지만 그들 스스로 그들이 해야 할 일에 대한 집요함과 습관에 의해 만들어졌다. 다산 정약용 선생(茶山 丁若鏞, 1762~1836년)은 "옷소매가 길어야 춤을 잘 추고 돈이 많아야 장사를 잘하듯 머릿속에 5,000권 이상의 책이 들어 있어야 세상을 제대로 뚫어보고 지혜롭게 판단할 수 있다."라고 했다.

자기 분야에서 어느 정도의 영향력을 갖고 싶다면, 그 분야에 사용하는 시간의 절댓값이라는 것은 필요하다. 사람들은 이런 다작의 중요성을 잘 모르는 경우가 많다. 누구에게나 꽤 좋은 아이디어와 혁신적인 문학 소재를 지니고 있다. 다만 자기 스스로 그것을 찾아낼 방법과 기회를 찾지 못하고 있을 뿐이다.

나는 이런 다작의 기본이 습관이라고 생각한다. 예전 내가 알던 한 중소기업 사장님은 책을 정말 많이 읽으셨다. 그 사업체에서 가장 늦게까지 일하고, 가장 많은 일을 하는 사장님은 한 달에 꾸준하게 몇 권의 책을 읽었다. 그 외 직원들은 '시간이 없다'라거나, '바쁘다'라는 핑계로 독서량이 많지 않았다. 심지어 사장님이 선물한 책조차 읽지 않을 정도였다.

사람들은 그런 사장을 보면서 사장이면 '시간적, 심적 여유'가 많으므로 책을 많이 읽게 된다고 이야기했지만, 실제로 식사 시, 자연스럽게 책을 꺼내 읽는 사장과 휴대전화를 들여다 보는 직원을 통해 나는 어째서 그가 다독할 수밖에 없는지와 어째서 사장이라는 위치에 있을 수 있는지를 동시에 들여다 봤다.

습관은 실제로 굉장히 무서운 일이다. 자신이 그 행동을 하고 있다는 사실조차 인지하지 못하는 일이니 말이다. 예전 로마 공화정 시대 장군이자 정치가인 퀸투스세르토리우스(Quintus Sertorius)는 '습관이 천성보다 완고하다'라고 했다. 그만큼 한 번들인 습관은 바꾸기 힘들고 어려우므로 우리는 좋은 습관을 길들이기 위해 노력해야 한다.

뉴잉글랜드의 성직자인 나다니엘 에몬스(Nathaniel Emmons)의 말처럼 습관은 우리에게 최상의 하인이 되기도 하고 최악의 주인이 되기도 한다.

이 습관이라는 녀석을 잘 길들여 꾸준한 글쓰기로 많은 표현을 할 수 있는 능력과 힘을 기르자.

글쓰기는 한 줄의 단어를 펼쳐 놓은 것으로 시작된다

시작하는 사람을 매우 좋아한다. 물론 결과가 좋은 방향일 경우도 있고 그렇지 않을 경우도 있다. 하지만 시작하는 사람의 눈에서는 대단한 열정이 보인다. 예전 싱가포르로 첫 수출을 떠나던 날이나 유학을 결정하고 나 홀로 비행기에 오르던 날, 그리고 해외 취업을 앞두고 면접을 보던 날 그 모든 날 나의 눈빛은 열정으로 가득했다.

시작한다는 것은 어떻게 펼쳐질지 모르는 미래에 대한 불안감과 설렘을 함께 선사해준다. 글을 쓸 때, 처음 뱉어지는 단어에 대해 고민을 한다. 막상 어떤 단어가 뱉어지고 난 후에는 거침없이 글을 써 내려간다. 이 문장 다음에 어떤 문장이 이어질지, 이 글이 어떤 식으로 마무리될지는 쓰는 사람조차 알 수가 없다.

글을 그리는 행위는 우리가 학교 다닐 때, 배웠던 묘사와도 같다. 하지만 '묘사'라는 표현을 사용하지 않고, '글을 그리다'라고 표현한 이유는 조금의 차이로 묘사가 설명하지 못하는 부분이 있다. 묘사라고 하는 것은 어떤 사물에 관해서 서술하는 것을 표현한다. 하지만 글을 그리는 것은 어떤 시작으로 이야기를 만들어내기도 하고 그 이야기에 꼬리를 물며 다른 묘사와 표현을 쓰기도 한다는 데 있다.

글을 그리듯 쓰기 시작하면 누구나 쉽게 글을 써 내려갈 수가 있다. 예전에 나는 우연히 인터넷이 있는 소설을 본 적이 있다. 아마추어 작가가 쓴 그 인터넷 소설의 첫 구절은 이랬다.

["여기가 어디죠?"]

작가는 당돌하게도 상황에 대한 아무런 배경 설명 없이 이런 대사로 글을 시작했다. 저 첫 문장을 읽고 나는 다음 문장을 읽지 않을 수가 없었다. 그때 받은 신선한 충격은 나의 글쓰기에도 적용이 됐다.

가장 포괄적이고 아무 의미도 아직 갖지 않은 말부터 뱉어 놓는 것이다. 그렇게 첫 문장이 뱉어지고 그 포괄적이고 광범위한 시작에서 점점 섬세함을 갖춰 놓으며 세상을 만들어가는 것이다.

군 시절, 나는 미대를 다니던 후임을 만난 적이 있다. 어렸을 적에 아이들에게 만화 캐릭터를 그려주고 500원을 받아서 용돈 벌이를 하던 어느 순간부터 내가 그림에 소질이 없다는 사실을 알게 되었다. 한참 동안 그림에 대해서는 무지하게 있다가 우연히 만나게 된 그 미대 후배 때문에 다시 그림을 배우고 싶다는 생각이 들었던 적이 있다.

나는 그 친구에서 맛있는 간식을 사주며 그림 활용법을 가르쳐 달라고 했었다. 그러자 그 후임이 먼저 자신이 그림을 그려 보여주었다. 후임은 간단한 인물화를 그렸는데 처음 그리던 형태가 전혀 인물 될 것 같지 않은 동그라미였다.

커다란 노트 위에 둥근 동그라미를 그려 놓고 나서 그는 조금씩 그 동그라미 안에 명암을 넣기 시작했다. 특별히 연필로 눈과 코와 입을 그려 넣지 않고 갸우뚱 눕혀진 연필로 진하고 연하고를 반복하며 명암을 넣던 그의 그림은 어느덧 멋진 인물화가 되어 있었다.

나는 그에게 물었다.

"선으로 눈, 코, 입을 그리는 게 아니야?"

후임 녀석은 그 말에 이렇게 대답했다.

"대략적인 균형을 잡기 위해 선을 그리지만, 결과적으로 명암만 주면서 선을 지우는 작업입니다."

그랬다. 사실 대략적인 균형을 잡기 위해 동그라미나 선을 사용하지만 완성된 그림에는 선이 없었다. 글쓰기도 마찬가지다. 우리가 잡은 대략적인 흐름은 글 전체의 방향이나 전개에 전혀 영향을 주지 않는다. 다만 균형을 잡기 위한 토대로만 사용될 뿐이다. 시작은 그렇게 적용된다. 처음부터 완벽하게 눈과 코와 입을 그리다 보면 얼굴 전체의 균형이 맞지 않을 수도 있다.

우리가 시작으로 처음 해야 할 일은 완벽한 그 첫 번째를 뱉어내는 것이 아니다. 이에 '노인과 바다'라는 명작으로 1952년 퓰리처상과 노벨 문학상을 받은 미국의 소설가 어니

스트 헤밍웨이(Ernest Miller Hemingway)는 이렇게 말했다.

"나는 걸작을 한쪽 쓸 때마다 쓰레기 92쪽을 양산한다."

이런 좋은 작가의 글은 일필휘지로 만들어지지 않는다. 우리가 좋은 작품을 만들기 위해 시작을 고민하게 되는 것은 구김살이 생길까 봐 평생 입지 않는 새 옷과도 같다.

비슷한 예로 2차 세계 대전에 종군한 경험을 바탕으로 단편집인 '남태평양 이야기'를 써서 퓰리처상을 받은 제임스미치너(James Albert Michener)는 스스로 자신이 '좋은 작가가 아니다. 다만 남보다 자주 고쳐 쓸 뿐이다.'라고 말했다.

한 번에 만들어지는 것은 없다. 다만 우리가 완성된 작품을 봤을 때 그것이 단번에 완성이 됐다고 착각을 할 뿐이다.

이탈리아의 천재 조각가이자 건축가이며 르네상스 회화, 조각 건축에서 뛰어난 업적을 남긴 미켈란젤로 부오나로티(Michelangelo Buonarroti)의 조각을 보고 한 사람이 감탄에 겨워 그에게 물었다고 한다.

"어떻게 하면 보잘것없는 돌로 이렇게 훌륭한 작품을 만들어 낼 수 있습니까?"

그러자 미켈란젤로는 이렇게 대답했다고 한다.

"그 아름다움은 처음부터 이미 화강암 속에 있었습니다. 나는 단지 불필요한 부분을 깎아냈을 뿐입니다."

그의 말대로 원석을 다듬어 멋진 공예가가 되는 사람에게도 원석은 필요하다, 자신이 처음부터 멋진 공예를 할 수 있다고 자부하더라도 최초의 원석을 지니고 있어야 한다. 그리고 그 원석을 수차례 퇴고하면서 불필요한 부분을 깎아내고 필요한 부분을 덧붙이며 작품을 완성해야 한다.

때로는 우리가 천재라고 불리는 사람들 혹은 최고의 작품이라고 부르는 작품들은 단번에 완성되지 않는다. 언제든 다시 퇴고할 수 있는 시간적 여유와 마음만 있다면 그 어떤 단어로 시작해도 괜찮다.

남에게 이야기를 해야 하는 이유

내가 학생들을 만나면서, 어떤 내용을 가르치다 보면, 나도 모르는 새, 이런 생각을 할 때가 있다.

"가르치다 보면 더 빨리 이해된다."

사실 내가 학생들을 가르치다 보면 나 스스로 지식이 체계화되고 정리될 때가 많다. 부끄러운 이야기이지만 사실 학창시절에 선생님의 이야기를 듣다 보면 무슨 내용인지 이해가 되지 않을 때가 많다. 하지만 옆에 있는 친구 녀석이 그 내용을 질문해 올 때, 나는 머리가 빠르게 회전되며, 이미 이해되어 있다는 듯 그 녀석에게 설명해 준다. 놀라운 건 그렇게 한 번 설명해 준 내용은 쉽게 잊히지 않는다는 사실이었다.

사실 가장 좋은 학습은 가르침이다. 남에게 가르치기 위해서는 수동적인 학습(Input)을 넘어서 가르침(Output)을 해야 하는 경우가 많다. 그렇다 보면, 그 내용에 대해 능동적이고 적극적인 시각으로 변하게 된다.

이는 수동적 학습방법에 해당하는 듣기 읽기, 보기, 시연하기보다 참여적 학습방법인 토의하기, 연습하기, 가르치기가 훨씬 더 효과적이라고 한다. 또한, 그중 가장 학습 효과가 낮은 것을 듣기라고 하고 가장 학습효과가 높은 것을 가르치기로 분류했다.

이렇듯 가르치기가 높은 이유는 타인과의 공감대 형성에 대해서 고민해야 하기 때문인데 단순하게 나 혼자 이해하는 것보다 타인에게 그 내용에 관해서 설명하는 행위만으로 자기 스스로 더 큰 학습이 되는 것이다.

어떤 이야기를 할 때, 나의 관심사, 말이나 글이 타인이 호기심이나 필요, 요구하는 것과 교집합이 있는지를 고민하게 된다. 이런 교집합 찾기 과정에서 우리는 타인의 입장을 공감하는 방법을 학습하고 타인의 시선에서 자신이 찾지 못한 다른 부분들을 인지해 나가면서 자기 생각을 체계화하게 된다. 이렇게 체계화되어 형성된 지식은 쉽게 잊히지 않는다.

사실 어떤, 내용을 인지하거나 기억할 때, 사람은 기존에 자신이 가진 경험이나 기억에 연상 지어 새로운 기억을 받아들인다. 그 때문에 상대가 아무리 좋은 예시를 들어준다고 하더라도 자기 스스로가 가진 개인적인 기억이 훨씬 더 좋은 예시가 된다. 그 때문에 아무리 좋은 경험을 한 작가의 글을 읽고 내용을 이해한다고 하더라도 자신 스스로가 겪었던 일을 예시로 들어 이야기를 만드는 편이 훨씬 더 효율적이다.

사실 남에게 이야기하는 것은 '스승'이 되는 것과도 일맥상통한다. 누군가에게 스승이 된다는 것은 그 어떤 대상을 설득할 논리를 갖고 있다는 것이고 그 대상이 많아질수록 영향력이 넓어지게 된다. 우리가 무거운 역기를 드는 연습을 반복적으로 오래 하다 보면, 해당 근육이 발달하고 결과적으로는 그 역기를 들게 되듯, 우리가 상대에게 우리의 지식이나 경험을 논리적으로 설명하는 훈련을 지속해서 하는 행위만으로 우리는 삶에 영향력을 키울 수 있는 능력을 갖추게 된다.

나는 외국에서 거주하면서 교포나 원어민들과 생활했었다. 무의식적으로 나는 그들에 대한 열등감을 가졌는지도 모른다. 이제 막 중학교를 입학하여 영어라는 과목을 배우고 있는 학생들을 앞에 두고서도 '나 따위가 누구를 가르쳐'라고 자학했다.

뉴질랜드에서 거주할 때, 업무나 사업상 기타 비즈니스를 하는 데 영어를 사용해야 했다. 하지만, 아무리 오래 거주하고 공부를 한다고 하더라도 그들보다 나을 수는 없었고 항상 부족한 부분만 보였다.

어느 날은 회사 직장 상사 둘과 내가 회식을 하기 위해서 차를 타고 이동하는 날이 있었다. 나는 차의 뒤 좌석에 앉아 있고 상사 둘은 운전석과 조수석에 앉아 있었다. 그 둘이 영어로 농담을 주고받는 것이 들렸다. 나도 모르게 웃음이 터졌다. 그러자 운전석에 있던 상사는 나에게 물었다.

"이해하고 웃는 거야? 그냥 웃으니까 따라 웃는 거야?"

아무리 그 회사에서 직책이 올라가도 영어로 업무를 볼 수 있는 능력이 되더라도 그들에게 나는 외국인이었고 항상 부족한 실력이었다.

그러던 어느 날, 회사에 아르바이트생이 나에게 다가와 영어에 관련한 질문을 했다. 나는 자연스럽게 그 질문에 답을 해주었다. 항상, 직장 상사가 있을 때는 대답하는 일이 소극적으로 변했다. 그도 그럴 것이, 언제나 나보다 낮은 사람들 주변에 있으면서 내가 하는 말이 과연 틀리진 않을까? 나도 배우는 처지에, 가르치는 것이 맞는 일일까? 하는 걱정 때문이었다.

내가 학생들을 가르치면서 느낀 것은 단순했다. 나의 실력이 어떻든 누군가가 나의 배움이 필요하다면 언제든지 가르쳐야 한다. 그것은 이미 알고 있는 자가 당연히 해야 할 의무이기도 하다. 어렵게 배운 학문이나 언어, 경험을 혼자만 독식하겠다는 것은 어쩌면 겸손이라기보다 욕심일 수 있다. 우리는 누군가의 스승이 되어 우리가 가진 정보와 지식을 사회에 흩뿌려드릴 의무를 지고 있다. 그것이 우리가 사회에 작용하는 좋은 예시가 된다.

전공에 대한 집착을 버려라

우리는 '전공의 함정'에 빠지곤 한다. 자신의 정체성을 직업군에 한정하여, 그것을 하는 사람으로 한정해 버린다. 우리가 현재 직업으로 인지하고 있는 일들의 대부분은 과거에는 직업이 아닌 경우도 많다. 우리는 그것을 놓칠 때가 있다.

다산 정약용의 학문이 위대하다는 사실은 이미 여러 학문 분야의 연구자들이 밝혔다. 다산은 18년 유배 기간 경학(經學) 과 예학(禮學), 역사와 교육, 정치와 행정, 과학과 의학, 건

축과 토목, 문학과 지리 등에 걸쳐 총 500여 권의 책을 저술했다. 한 사람이 베껴 쓰기만 해도 10년은 족히 걸리는 방대한 분량이다. 이런 정약용은 집필한 책을 팔아 돈을 벌던 작가가 아니다. 그런데도 왜 이렇게 방대한 글을 남겼을까?

우리가 IT 하면 떠오르는 상징적인 인물인 스티브 잡스는 포틀랜드의 리드대학교에 진학하여 철학과 물리학을 전공했다. 세계 제일의 부자가 된 마이크로소프트사의 빌 게이츠의 전공은 법학이고, 중국 최대 전자상거래 기업인 알리바바의 창업자 마윈의 전공은 영어이다.

그밖에 대한민국 최고 부자라고 불리는 재벌들의 전공도 사업과는 무관하다. 하지만 어째서 우리는 우리의 정체성을 전공에만 두고 전공을 살리지 못한 일을 했을 때는 '겉돈다.'라고 생각을 할까?

대한민국 최고의 기업인 삼성전자의 이재용 부회장은 대학 전공이 동양 사학이다. 물론 나중에 필요 때문에 경영대학원에서 경영학을 공부하긴 했지만, 그것은 자신의 직업에 대해 필요성을 느낄 때, 선택할 수 있는 옵션이다.

누구에게나 그렇다. 본인의 전공과 본업을 두고 있지만, 그 누구나 선생이 될 수 있고, 작가가 될 수 있다. 선생과 제자는 본래 직업이 아니라, '관계'를 뜻하는 말이다. 작가라는 말 또한, 직업으로써 사용되지만, 독자에게 글을 제공하는 사람일 뿐이다.

전공한 과목에 대한 깊은 이해를 토대로 생업에서 유용한 쓰임이 있을지라도 당신은 글을 쓰는 작가가 될 수 있다. 글 쓰는 일에는 '돈'을 벌기 위한 목적을 두는 사람도 있겠지만, 그렇지 않은 사람들도 많다. 그저 자신의 정보를 공유하고 사람들과 세상에 좋은 영향을 끼치기 위한 도구로 사용하는 때도 많다.

실제로 우리 주변에는 전공과 매우 다른 일을 하는 사람들을 많이 만난다. 실제로 전공(專攻)의 사전적인 의미는 '어느 한 분야를 전문적으로 연구함'으로 정의한다. 하지만, 직업의 사전적 의미는 '생계를 유지하기 위하여 자신의 적성과 능력에 따라 일정한 기간 계속해서 종사하는 일'을 말한다.

우리는 '연구'하는 일과 '생계'를 유지하는 수단을 굳이 맞추려고 한다. 하지만 자신의 생계를 유지하는 방법으로는 치과 의사를 하면서 서양 미술사에 관한 연구를 하고 싶을 수도 있고 회계사로 일을 하면서 항해학에 관한 관심을 가질 수도 있다.

물론 자신이 연구하고자 하고 호기심이 가는 '전공'이 '업'이 되고, 그것에 만족한다면 더할 나위 없겠지만 보통 좋아하는 일은 취미로 둘 뿐, '생업'으로 하지 않는 사람들이 많아지면서, '전공'과 '업'을 구분 짓는 일이 비단 나쁘다고 만은 할 수가 없다.

그렇게 우리가 생업으로 하면서 혼자서 시간을 보내기만 해도 세상에 영향력이 키워지고 자신 또한 발전할 수 있는 좋은 일로, '작가'가 되는 일이 가장 좋다. 작가는 다른 전공과 다른 생업을 두고 있을수록 다양한 소재를 강점으로 쓸 수 있는 좋은 일이다. 부디 오늘부터 자신의 정체성을 '직업'에 둘 것이 아니라 자신을 찾고 자신의 영향력을 밖을 향해 행할 수 있는 그대 스스로가 되길 바란다.

내가 읽고 싶은 글을 쓰자

얼마 전 88세의 나이로 타계한 미국의 소설가 토리 모리슨은 1993년 흑인 여성으로는 처음으로 노벨 문학상을 받았다. 그녀는 생전에 11편의 소설과 수필을 발표하며 흑인 여성 작가로 작품성을 인정받은 동시에 대중적 사랑까지 받은 게 많지 않은 작가 중 하나이다. 그녀는 아프리카계 미국 작가들, 특히 남자 작가들의 글을 읽으며, 그들이 쓰고 있는 대상이 자신과 닮지 않았다는 사실을 알게 됐다. 그리고 아프리카계 미국인이며 여성인 그녀는 아무도 쓰지 않으면 자신이 직접 써야 한다며, 여러 작품 활동을 했다.

　나 또한 그녀의 말에 매우 공감한다. 우리나라에 '작가'라는 타이틀을 가진 사람이 많을수록 다양한 문학이 등장한다고 생각한다. '초격차'를 집필한 삼성전자의 권오현 회장의 삶도 있을 수 있고 여러 아르바이트를 겪으며 학비를 벌고 공부를 하는 대학생의 이야기도 있을 수 있고 아이를 키우는 주부나 만년 대리에서 벗어나지 못하는 직장인의 이야기도 문학이 될 수가 있다.

　물론 우리나라에도 훌륭한 작가들이 많지만, 실질적으로 삶을 몸으로 부딪치며 겪은 생생한 이야기들을 얻을 수는 없다. 문학은 공감대에 따라서 사랑을 받는 작품이기도 하다. '죽고 싶지만, 떡볶이는 먹고 싶어'의 백세희 작가는 자신이 힘들었던 시절에 대해 글을 썼고 많은 젊은이가 그녀의 이야기에 공감했다. 당신의 삶은 그 누구도 대신 설명해 줄 수 없는, 훌륭한 문학 그 자체가 될 수도 있다.

　내가 처음 유학을 떠나고 나서 해야 했던 수많은 선택 중에는 그 누구의 도움도 받지 못한 경우가 더러 있었다. 나와 비슷한 경험이 있는 사람에게 때로는 이야기를 묻고 싶고 그들은 나와 비슷한 감정을 갖고 이런 시련을 견뎌냈는지 공감하고 싶기도 했다. 하지만 시중에 나와 있는 서적이나 인터넷에 있는 글도 한계가 있었다. 나는 일단 지나왔던 길에 대해 잊고 살아가다가 글쓰기를 만나면서 생각이 바뀌었다.

내가 누군가에게 길라잡이가 되지 않는다면, 다른 누군가는 나와 똑같은 상황에서 자신의 앞에 아무도 없다는 좌절에 포기할지도 모른다는 생각이 들었다.

군대에서 훈련을 받다 보면 참으로 재미있는 경험을 하게 된다. 나는 워낙 체력이 약한 편이라 유격이나 장거리 행군을 하게 되면, 내가 해낼 수 있을까 하는 생각을 하곤 했다. 하지만 참 희한하게도 나와 함께 하고 있던 옆 동기가 해내는 모습을 보면서 나도 계속해서 하게 된다.

당신의 문학은 누군가에게 그런 이유로 도움을 줄지도 모른다. 혼자 걷고 있다고 착각하던 사람에게 함께 해주는 동료가 될 수도 있고, 길을 묻는 자에게 좋은 스승이 되기도 한다.

'내가 읽고 싶은 책.'

너무 뒤늦게 깨달은 이 사실 때문에, 나는 지금, 이 순간에도 조급해질 때가 있다. 내가 겪었던 경험과 감정이 시간이 지나면서 조금씩 잊히고 있다는 생각 때문이다. 반드시 주말에 시간을 내어, 봉사 활동을 나가고 좋은 일을 한다며 기부를 하고, 헌혈을 일상화하는 것도 분명 사회에 좋은 영향을 미치는 일일 것이다. 하지만 당신이 읽고 싶었던, 혹은 당신이 도움받고 싶었지만 받지 못했던 그런 비결들을 글쓰기를 통해 세상에 전달해 준다면 그것은 앞서 말한 일들 못지않게 훌륭한 일이다.

나의 이야기를 써야한다

학교 다닐 때, 백일장을 쳐 본 경험이 있다. 어떻게 시작해야 할지 막막할 때, 가장 고민해야 하는 건 무엇을 쓰는 지다. 나도 내가 잘 모르는 분야에 글쓰기를 도전해 본 적이 있다. [최고의 교육은 가르침이다] 라는 철학에 따라, 내가 이해도 하지 못한 내용이라 할지라도, 글을 쓰다 보면 이해하지 않을까? 싶은 오판이 있었다.

호기롭게 시작한 글쓰기는 아무리 길게 써도 A4용지 10쪽을 넘기지 못했다. 사람들은 자기가 아는 분야가 있을 때, 말이 많아지게 되어 있다. 때문에, 글쓰기를 할 때는 자신이 잘 알고 있는 분야를 시작하는 것이 가장 좋다. 그러기 위해서는 자신을 잘 알아야 하고, 이 또한, 자신의 정체성을 확립시켜 주는 데 좋은 도움이 된다.

글을 쓰다 보면, 내가 유학하던 시절의 이야기와 그 외, 직접 수출을 성사시키던 경험 등을 많이 쓰게 된다. 사실 내가 시골에서 자란 나의 주변에 나의 경험을 호기롭게 바라보는 친구와 지인들이 더러 있었다. 나는 그들에게 내가 어떻게 그일했는지에 대해서 입에 침을 튀기기며 이야기했었다.

이렇듯 자신이 자신 있는 분야에 대한 말하기와 글쓰기는, 본인 자신도 재미있고, 받아들이는 사람에게도 신뢰를 줄 수 있다. 나는 시골에서 자라서, 세상에 대한 영향력을 경험해 본 적이 없었다. 누구도 나에게 유학이라는 길이 있다는 사실도 이야기 해주지 않고, 이곳에서 자라서 사업이라는 길에 대해서도 듣기 쉽지 않았다.

더욱이나 '책 쓰기'에 대해서 또한 그 누구도 먼저 실행하여 나에게 전수해준 사람이 없었다. 온전히 내가 나의 주변에서는 처음 하는 일들이었고, 그 일련의 과정에서 내가 겪었던 미래에 대한 불안감과 기대감, 좌절이나 성취감 등에 대해서, 남들보다 소중하다고 자부한다.

나는 1등이 될 자질은 아니라고 생각한다. 하지만 스스로 '리더'가 되기 위해 노력한다. 1등이란 이미 누군가가 이루어 놓은 분야에 대해 최고를 이야기하지만, '리더'란 누구도 이루지 않은 분야에 최초를 말한다.

얼핏 유튜브에서 실험 동영상을 봤던 기억이 있다. 어느 한, 광장에서 이루어진 실험이었는데, 조용한 광장 한가운데, 한 사람이 신나게 춤을 춘다. 그러면 지나가는 사람들이 그를 이상하게 쳐다보며, 슬슬 피하기도 하고, 비웃기도 한다.

그러다 그가 춤을 꽤 오래 지속해서 신나게 춤을 추자, 주변에서 그와 함께 춤을 추는 사람이 생겼다. 한 명은 두 명이 되고, 두 명은, 세 명이 된다. 슬슬 광장에 사람들이 모이며, 춤판이 벌어진다. 그리고 사람들은 가만히 있는 사람을 이상하게 취급한다. 모두가 춤을 추고 있는 광장에서 최초의 따가운 시선을 이겨내고, 상황을 반전시킨 그는 지도자가 되었다.

이런 비슷한 실험은 여러 곳에서 이루어진다. 사람들의 공공의식과 관련된 한 실험이었는데, 줄서기에 관련된 실험이었다. 이 줄서기는 최초 몇 명이 줄 없이 서 있을 때, 뒤에 있던 사람들 또한 질서 없이 서고, 최초 2~3인이 줄을 서면, 그 뒷사람은 무의식적으로 줄을 선다는 내용이었다.

나는 그 내용처럼, 처음 하는 일에 대해 자부심을 느끼는 편이다. 내가 처음 어떤 행위를 할 때, 따라오는 불안감과 두려움은 항상 나를 따라다녔지만, 그 뒤로 나를 따르는 사람들에 대한 공감대를 만들어주었다.

공감대는 그렇게 작용하는 것 같다. 결국, 내가 그동안 나와 비슷한 경험을 한 지인에게 물어볼 길이 없어서 혼자 애먹던 고민이나, 걱정은 이제, 누군가에게 이론을 배워서 쉽게 이룬 성공보다 값지다.

나는 이런 나의 강점을 이용하여, 겁도 없이 1등이 득실거리는 '글쓰기'의 전쟁터에서 감히 스승 노릇을 하는 셈이다.

모든 독자가 읽을 글을 쓰기란 불가능하다

나탈리사로트(Nathalie Sarraute)는 20세기 중반 프랑스의 여류 소설가이다. 그는 생전에 이런 말을 남겼다.

[모든 독자가 읽을 글을 쓰기란 불가능하다. 시인은 시를 좋아하지 않는 사람을 위한 시를 쓸 수는 없다.]

그녀의 말에 동감한다. 모든 사람이 좋아하는 글이란 있을 수가 없다. 우리는 마치 모든 사람이 나를 좋아해 주기를 바란다. 하지만 나 에게도 좋아하는 음식과 싫어하는 음식이 있고 좋아하는 계절과 싫어하는 계절이 있듯, 보통의 사람들도 취향이 있을 수 있다. 즉, 꼭 글쓰기에 관련하지 않는다고 하더라도 나 스스로가 누군가의 취향에 적합할 수도 부적합할 수도 있다는 말이다.

우리가 많은 사람에게 인정받고 사랑받으려는 욕구는 어쩌면 당연한 일이다. 하지만 그런 욕구가 채워지지 않을 때면, 때로는 의기소침해하기도 하고, 상처를 받기도 한다. 하지만, 많은 사람에게 인정받기라는 바람만 놓아버리면 받지 않을 상처를 우리는 스스로 쥐고 있다. 이제 상처를 받지 않기 위해서 내려놓아 보자. 나와 나의 글이 누군가의 취향이 아닐 수도 있구나.

나는 비빔밥을 좋아하지 않는다. 꼭 비빔밥뿐만 아니라, 밥에 무엇이 섞이는 식단을 별로 좋아하지 않는다. 예를 들면 짜장밥이나 볶음밥, 카레밥 등 밥이 뭔가 섞이는 것을 좋아하지 않는다. 그렇다고 해서, 내가 비빔밥을 해하려 들지 않는다. 음식이라서 그런 것이 아니다. 내가 좋아하지 않는 것은 또, 부정적인 성격의 사람들이다. 변덕이 심하고 부정적인 사람을 별로 달가워하지 않는다. 하지만 난 그들에게 어떤 해도 끼치지 않는다. 다만 비빔밥은 그저 비빔밥으로 태어났고 그들은 그저 그들로 태어났을 뿐이다.

단순하다. 우리는 보통 좋아하지 않는 것이 나왔을 때, 그것을 미워하지 않는다. 흔히 '좋아한다.'라는 반대가 '미워한다.'라고 생각할 수 있지만, 실제로 좋아하지 않는 건, 그다지 선택하지 않을 뿐이다. 나의 글을 싫어하거나, 우습게 보는 사람이 있다고 하더라도, 간단하게 무시하자. 비빔밥을 싫어하는 사람이 있다고 해서, 세상에 비빔밥이 사라져야 할 이유는 없다. 지금, 이 순간에도, 비빔밥은 많은 사람에게 사랑받는 음식이다.

당신의 글이나 당신 또한 마찬가지다. 우리는 누군가의 취향이 아닐 수 있다. 하지만 좌절할 필요는 없다. 누군가의 취향이 아닐지라도, 반드시 누군가의 입맛에 꼭 맞는 탁월한 맛일 수도 있다. 나는 초콜릿을 매우 좋아한다. 어느 날은, 내가 함께 일하는 형과 한집에서 생활할 때 이야기다. 외국에서 동고동락하며 서로를 의지해가는 형제처럼 지내던 형이 있었다. 그 형과 나는 둘이 살았다.

그러던 어느 날, 마트에서 장을 보다가 특가로 행사를 진행

하는 초콜릿 뭉치를 발견했다. 그때 그 초콜릿을 잔뜩 사 왔다. 그 초콜릿을 함께 동거하는 형도 함께 먹을 수 있도록 식탁 위에 올려놓았다.

수일이 지나도록 그 형은 초콜릿을 먹지 않았다. 어느 날, 초콜릿을 한 개 갖고 가더니, 수 이간 초콜릿을 가져가지 않는 형을 보면서, '나'에게 양보하는지 혹은 미안해서인지 물었다. 하지만, 정말 단순하게도 그 형은 너무 단 음식이 싫다며 초콜릿을 별로 좋아하지 않는다고 했다. 누구나 좋아할 것이라고 믿었던 초콜릿을 싫어하는 사람도 있다는 사실에 놀라웠지만, 사실 더 놀라워했던 것은 상대도 마찬가지였다.

우리는 싫어하는 사람보다 좋아하는 사람을 더 경계해야 한다고 한다. 항시 좋아하는 감정에는 피드백을 요구하는 경우가 많다. 누군가를 싫어할 때, 사람들은 그 사람도 나를 싫어하기를 바라지 않지만, 누군가를 좋아할 때, 우리는 반드시 그 사람도 나를 좋아해 주기를 바란다. 하지만 그 욕구가 해결되지 않을 때, 사람은 공격성을 띤다고 한다.

나의 글이 많은 사람의 입맛을 사로잡는다는 것은 대중성을 띠고 있다는 것이다. 우리의 글이 대중성을 띠고 있으면 좋겠지만 반드시 그렇지 않다고 하더라도 누군가에게 가장 좋아하는 음식으로 분류되어도 충분한 가치가 있지 않을까?

내가 책을 쓰게 된 이유

내가 집필한 첫 번째 책은 '앞으로 더 잘 될 거야.'이다. 이 책을 집필하기 전, 나는 '책 쓰기'가 대단한 사람들의 전유물이라고만 생각했다. 유명 연예인이나, 작가 혹은 교수들이 책을 발간하면, 우리는 독자의 역할만 충실하게 해낼 뿐이라고 생각했다. 단순하게 그들은 스승이고, 나는 언제나 제자의 역할에 머물러야 한다고 생각했다.

내가 처음 '강사'라는 직업을 선택했을 때, 이런 수동적인 자세는 조금 고통스러웠다. 항상 다른 사람들에게서 정리된 정보를 받아들이는 습관에 익숙해져 있다가, 도리어 선생으로서는 정리된 정보를 제공해야 하는 처지로의 변화는 너무나 갑작스러웠다. 이렇듯, 정보에 대한 일방적인 방향에 대한 의구심이 들고 있던 나는 강사라는 직업에 익숙해질 때쯤 얻은 것이 하나 있다. 내가 가진 정보가 아직 세상 밖으로 나오지 않았다는 사실을 알았을 때, 그것이 필요한 사람들에게는 엄청난 손해일 수도 있다는 생각이 들었다. 그렇게, 정보 제공자로서 역할을 하자는 내 생각에 따라 책을 쓰기로 작정했다.

이전에는 책을 쓰기 위해서는 많은 돈이 들어가리라 생각했던 적도 있다. 내 생각과 경험을 그 누구도 찾지 않을 것이라 나 자신을 과소평가하기도 했었다. 하지만, 내가 책을 쓰고 나서, 기대보다 많은 사람이 나의 글을 보기 위해, 자신의 지갑을 열었다.

별것 아니라고 생각했던 내 생각과 경험은 '책'이라는 가시적인 물건이 되면서부터, 제품이 되고, 동시에 상품으로서 판매가 된다. 사실 우리 인간이 만들어내는 다양한, 상품 중에는 이렇게 완전한 '무'에서 '유'를 만들어내는 것은 많지 않다.

흔히 자원 강국이라고 부르는 여타 선진국들은 자신들의 광물자원을 밖으로 내다 팔고, 수입을 얻지만 사실 자원 중에서 가장 마진율이 좋은 자원은 '글'이라고 생각한다. 글은 완전한 '무'에서부터 시작하여 상품성을 가진다.

같은 값의 종이 위에 잉크의 배열을 어떻게 하느냐에 따라 값어치는 수 백억이 되기도 하고 수 천억이 되기도 하다. 또한, 단순한 직선과 곡선들의 조합이 많은 사람을 자극하고 교육하지 않는 것까지를 값으로 치른다면 그 파급력은 상상을 초월할 정도이다.

나는 책 쓰기에 큰 시간이 들어가지 않은 편이었다. 주변에서는 어쩌면 그렇게 이른 시간 동안 많은 양의 글을 써 내려갈 수 있는지를 묻는다. 그리고 책 내용의 '질'까지 의심을 한다. 사실 나의 '책 쓰기'는 단 하루아침에 이루어지지 않았다.

군 시절, 나에게는 '노트 필기'라는 내 운명을 바꿔 놓은 습관이 하나 있었다. 나는 그 습관으로, 내가 하는 생각이나 말, 감정을 표현하고, 기록하는 일을 계속해 왔다. 전역이 후 반드시, 그 글들이 내 인생의 시 공간을 넘어주는 타임머신이 될 거라고 자신했기 때문이다.

기록하는 습관은 나는 꽤 오랜 시간 동안 나에게 성능 좋은 타임머신의 역할을 해주었다. 시공간을 초월하는 기계를 나는 값싼 펜과 종이로 대체 가능하게 했다. 이런 신비한 경험을 많은 사람들에게 나누어주고 싶었다. 그래서 나는 내가 좋아하는 주변 사람들에게 다이어리나 수첩을 선물하곤 했다. 대부분 친구는 그 선물을 달가워하지 않았지만 내가 얻게 된 인생의 변화를 함께 공유하고 싶은 나의 마음은 전달이 될 것이라고 믿었다.

유학을 마치고 10년이 더 넘은 시점에 첫 '책 쓰기'를 시작했다. 10년 전, 전 오래된 기억들을 떠올리며 조각과 조각을 맞추는 일도 당연히 힘들었지만, 지금은 잊힌 그 당시의 생생한 감정과 생각들 그리고, 그 당시의 고민이나 공기의 느낌 등은 기억해 낼 수 없었다. 하지만 다행스럽게도 나의 꾸준한 메모와 글쓰기 덕분에 당시의 시간과 공간으로 이른 시간에 돌아가 그 글을 여러 사람에게 전달할 수 있게 했다.

나는 '스승'이 되는 일이 중요하다고 믿는다. 누구나 스승이 될 수 있다. 사람들에게 '네가 잘하는 것에 대해 책을 한 권 내봐'라고 권하면, 사람들은 누구나 자신의 능력을 과소평가

한다. 실제로, 피아노를 잘 치는 부인이나, 오랜 고시 공부를 했던 친구, 혹은 일본어로 회화가 능통한 훌륭한 동생 등. 특별한 삶의 정보를 가진 사람들의 이야기를 듣고 싶은 마음이 있다. 그래서 그들에게 책 쓰기를 권유할 때면 그들은 모두가 혀를 찼다.

'나보다 잘하는 사람이 많다.'라는 이유가 제일 컸다. 하지만 당신이 누군가에 스승이 되기 위해서 반드시 그 분야에 1등일 필요는 없다. 세상의 모든 스승이 1등이어야만 한다면 우리는 스승을 찾기 꽤 힘든 세상에 살게 될 것이다. 적당히 상대보다 많이 알고 적당히 이야기할 수 있는 정보가 있다면 누구나 스승이 될 수가 있다.

당신보다 훌륭한 사람이 있다고 하더라도 그것이 곧 당신이 가진 정보가 누구에게도 쓸모가 없음을 뜻하는 것은 아니다. 만약, 당신이 100명이라는 사람 중 50등이라는 능력을 갖추고 있다고 하더라도 당신은 남은 50명에게 충분한 스승이 될 자격을 갖춘 셈이다.

우리가 학교에 다닐 때, 우리는 학교 선생님께 똑같은 교육을 배운다. 하지만 선생님의 설명이 어려울 때, 우리는 옆 친구에게 선생님의 설명을 다시 묻고는 한다. 그 분야에 전문인인 선생님의 설명을 두고, 옆자리에 앉아 있는 친구 녀석에게 다시 그 정보를 물어보는 것은, 옆자리의 친구가 선생님보다 더 뛰어난 정보를 갖고 있기 때문만은 아니다. 자신과 비슷한 공감대를 가진 위치에서 자신에게 이해하기 쉬운 설명을 해줄 수 있는 옆자리 친구의 정보가 훨씬 더 받아들이기 쉽기 때문일 것이다.

서울대학교를 졸업한 선생님에게 배웠다고, 모두가 서울대학교 입학 할 수 있다면 얼마나 좋을까? 하지만, 훌륭한 선생님들로부터 교육을 받았다고 그 제자들 또한 선생과 같은 실력 좋은 사람이 되라는 보장은 없다.

더 자신이 가진 소중한 기억과 정보를 자신의 머릿속에서 잊히도록 방관할 것이 아니라 더 많은 사람에게 쓰임이 될 수 있게 하고, 그것이 자신의 영향력도 키울 수 있도록 꾸준한 책 쓰기를 해야 한다. 그렇게 책을 쓰기 위해서는 글쓰기 연습이 필요하다.

좋은 책의 완성, 제목

　나의 첫 번째, 책이 이름은 '앞으로 더 잘 될 거야'이다. 나는 처음에 이 책의 제목을 정할 때, 다양한 경험과 긍정적인 삶의 방식이 투영된 제목으로 하고 싶었다. 하지만 여러 고심 끝에 출판사에서 정해준 이 제목을 선택했다.

　내가 제목을 이렇게 정하고 나니, 나에게 좋은 변화가 일어났다. 내 책의 반응이 궁금한 내가 인터넷 검색 창에 '앞으로 더 잘 될 거야'를 수시로 검색한다는 것이다. 여기에 내가 좋아하는 자기 암시가 따른다. 내가 수시로 '앞으로 더 잘 될 거야'를 검색하고, 책에 꽂혀 있는 나의 책을 수시로 바라보게 되면서, 앞으로 더 잘 될 거라는 암시가 걸리는 듯하다. 나뿐만 아니라, 이 책의 독자들도 만찬 가지겠구나 싶었다.

어느 날, '칭찬은 고래도 춤추게 한다.'라는 책을 본 적이 있다. 나는 예전에 칭찬이 고래를 춤추게 한다는 말이 속담이라고 착각했던 적이 있었다. 어디서 많이 들어본 이 말이 과연 유래가 무엇일까? 어째서 '고래'라는 표현을 사용했을까?

거기에 대한 해답은 이 책의 원작에 있었다. 이 책의 영어 제목은 'Whale Done! The power of Positive Relationships'이다. 여기서 'Well done'은 우리말로 '잘했어!'라는 칭찬이다. 하지만 비슷한 발음인 'Whale done'을 사용함으로써 영어가 모국어인 사람들에게 폭발적인 인기를 끌었다.

사실 제목만 보고 책을 고르는 것은 옳지 못하다는 사실을 나 또한 매번 느낀다. 가끔은 어떤 책을 제목만 보고 골랐을 때, 그 내용에 후회한 적도 많다. 하지만, 제목이 중요한 이유는 그 일차적인 관문에 제목이 차지하는 비중이 크다는 것이다.

제목에 먼저 이끌리고 나서 그 책을 살펴보게 되는 이유에, 우리는 글의 제목을 다는데 신중해야 한다.

책을 내는 구체적인 방법

책을 쓰고 나면 주변 사람들에게는 관심과 호기심의 대상이 된다. 나는 유학을 마치고 고향인 제주로 내려갔다. 내가 고향인 제주로 내려가서 했던 일 중에 재미있는 일화가 있다.

제주에는 감귤밭이 많다. 사실 많은 제주도민이 감귤을 작농하고 있지만, 사실 감귤 생산이 많은 해에는 감귤 값이 좋게 받지 못할 때도 많다. 나는 그런 일들을 참 안타깝게 생각했다. 택배 운송료와 상자 포장비 정도만 받고, 소비자에게 전달될 때는 가슴이 아프기도 했다. 이 맛있는 상품이 소비처를 찾지 못하고, 이렇게 싼값에 팔려나가는 것을 보고 안타까 웠던 나는, 수출 가능한 선과 공장을 운영하고 계신 이모부와 일을 시작했다.

일을 시작한 지, 두 달 만에 싱가포르 현지 최대 매장에 납품을 시작했다. 상당히 좋은 값으로 진출한 제주 브랜드가 일본, 호주, 뉴질랜드 등의 농업 선진국 국가들과 나란히 진열되어 소비자들의 선택을 기다리는 모습을 지켜봤다.

그 시절 깨달은 게 있다. 티브이에서만 지켜보던 수출이라는 것이 그렇게 어려운 게 아니구나 싶었다. 마음만 먹으면 어렵지 않게 해외로 감귤 수출이 가능했다. 하지만 '언어', '관세법' 등 한 번도 경험해 보지 않은 여러 가지 일들과 용어들 때문에 쉽게 도전하지 않을 뿐이었다.

수출하는 일에는 물론 영어가 필요하긴 하지만, 실제적인 커뮤니케이션은 이 메일로 진행한다. 간단한 영작 실력이나 요즘은 잘 나와 있는 인터넷만 활용하면 구매자와 의사소통은 실제적인 걱정이 아니다. 팔아야 할 물품이 있고 사고 싶어 하는 구매인이 있을 때 장사는 원칙적으로 흘러가게 되어 있다. 돈을 지불받고 물품을 보내주면 된다.

물론 그 방법에 있어서 조금은 복잡할 수도 있다. 하지만, 누구나 한 번만 해보면 별거 아니구나 싶은 일들이다. 사실 내가 겪었던 대부분의 일이 그랬다. 현지 유학부터 시작해서 해외 취업, 한국에서 사업과 강사 경력, 책 쓰기 등등이 시작이 어려울 뿐 사실 시작만 하고 나면 그동안 왜 못하고 있었는지에 대해서 의아해할 만큼 간단한 일들이다.

나는 아직도 내가 겪어보지 못한 일들이 너무나도 많다. 나에게도 아직 두려운 일들이 많다. 하지만 두려운 일들 또한 한 번 헤쳐나가고 나면 별일 아닌 일들일 것이 분명하다.

그렇다면 이제 본격적인 책 쓰는 일에 관해서 이야기해 보도록 하자.

책을 쓰는 것이 쉬운 일이라고 말하는 나에게 책 쓰기는 간단하게 세 가지 작업이라고 말하고 싶다.

첫 번째, 경험한다. 사람들은 누구나 많은 일을 겪는다. 같은 학교에서 같은 교육을 받고 자라는 학생들도 그 교실 내에서 서로 다른 시간과 다른 지식을 얻고 간다. 아무리 인간을 똑같이 교육하고 똑같은 환경에 놓는다고 하더라도. 군대와 학교에서도 그렇듯, 모두가 다른 경험이 기억을 가지고 살아간다. 이것은 누구나 책 쓰기가 가능하다는 말이 된다. 우리가 흔하게 알고 있는 연예인이나, 대통령 혹은 유명 인사들도, 우리와 별반 다르지 않다. 그들도 그들의 인생 외에는 다른 인생을 겪어볼 기회가 없다. 따라서 그들에게 우리의 인생은 책에서밖에 겪어보지 못하는 좋은 소재가 된다.

출판을 앞두고 사람들에게 책 쓰기를 권하였다. 하지만 그때마다, 사람들의 반응은 비슷했다. 쓸 내용이 없다는 것이다. 하지만 그 말에 동감하지 않는다. 책 쓰기를 그들에게 권했던 이유는 그들의 삶도 재미있는 소재로 넘쳐나기 때문이다. 하지만 그들은 자신이 가지고 있는 진주를 스스로 발견하지 못했다.

자신을 과소평가할 필요는 없다. 그렇지 않더라도, 그 평가는 독자가 내려줄 것이다. 당신이 해야 할 일은 평가가 아니라 그들에게 소재를 쥐여주고 평가를 기다리는 일이다.

두 번째, 글을 쓴다. '어떻게 쓰지?'라고 물어보는 친구도 있었다. 그때마다 나는 말한다. '그냥 쓰면 되지.' 그렇다. 어떻게 쓰지라는 않는 그것은 없다. 첫 시작이 어려울 뿐이다. 처음 시작을 하고 나면, 물 흘러가듯 머릿속에서 이야깃거리가 흘러넘친다. 이런 경험은 글을 써본 사람들은 모두 공감할 것이다. 시작이 어려울 뿐이다. 그래서 나는 첫 시작을 아무 말로나 시작한다.

가령, 내 눈에 보이는 것이 '숟가락'이라는 물품이 있다면, 숟가락과 관련한 아무 이야기를 써 내려간다.

눈앞에 숟가락이 놓여 있다. 숟가락 하면 나에게는 재미난 일화가 있다. 내가 군대를 입학하고, 처음 보충대대라는 곳에서, 군복을 지금 받고, 첫 식사를 하는 순간이다. 줄을 서고 식사를 기다리는데, 앞을 보니, 숟가락만 있을 뿐 젓가락이 없었다는 사실이다. 앞사람들이 다 갖고 가서, 그런가 싶었다. 그 시절, 군대에 대해 아무것도 모르던 나는 군대는 젓가락을 주지 않는다는 사실에 충격을 받았다. 지금은 편하게 젓가락과 숟가락으로 밥을 먹지만, 내가 군 생활을 하던 시기에, 젓가락은 가끔 전역을 앞둔 병장이나 간부들만 사용하는 계급을 상징하는 물품이었다. 그때는 왜 그렇게 젓가락을 사용하는 사람들이 높아 보였을까? 웃음이 난다.

이런 식이다. 이렇게 아무 소재를 잡고, 그와 연관된 글을 써 내려가기 시작하다가, 여러 퇴고를 거치며 부드럽게 고쳐 가면 될 뿐이다. 머릿속으로 커다란 계획을 모두 완성 시켜 시작할 필요가 없다는 말이다.

세 번째 투고한다. 책 쓰기의 마지막 단계이다. 투고하기 위해서는 최소 책 한 권이 나올 정도의 분량은 되어야 한다. 내가 생각하는 최소의 분량은 워드로 A4용지 100장을 채우는 일이다. 여러 가지 소주제들을 모아서 A4용지 100장을 만들면, '대충 책 한 권이 나오겠구나!'라고 생각하면 된다.

이렇게 모인 글쓰기에 임시제목을 정하고, 인터넷에 있는 투고를 받는 출판사에 나의 글을 보내기만 하면 끝이다. 딱히, 돈이 들지도 않는다. 계약에 따라서 선 인세를 받기도 하고, 인세를 받기도 한다.

이렇게 간단한 글쓰기를 사람들은 큰 용기가 필요한 일들이라고 생각하니 아이러니하다. 이제 간단한 세 가지 방법을 알려 주었으니, 당장 오늘부터 컴퓨터 앞에서 글을 써보기로 하자. 우리나라에 좋은 문학이 늘어나기를 저자도 기대하고 있다.

직장인의 글쓰기

내가 사람들에게 책 쓰기를 권하면 상대가 하는 첫 번째, 변명은 시간이다. 물론 두 번째 변명인 소재에 대해서도 할 말이 많지만 가장하고 싶은 건 시간에 관한 이야기다. 사실 요즘은 글쓰기를 연필로 하지 않는다. 대부분 컴퓨터로 글을 쓰고 다듬는데, 사실 글을 쓰는 속도가 말하는 속도나 생각하는 속도와 비슷할 만큼 빠른 속도로 글을 써 내려갈 수 있는 시대가 왔다.

그러다 보니, 글을 쓰기 쉽고, 빠르다는 장점이 있는 세대에 태어난 우리는 어느 순간이라도 이 글쓰기의 즐거움을 놓치지 말고 즐겨야 한다. 앞서 언급했던 것처럼 내가 나의 주변 지인들에게 글쓰기를 제안하면 가장 먼저 나오는 말은 시간이다.

하지만 핸드폰으로 연예인들 연애기사를 보거나 유튜브 영상으로 잡다한 영상을 보는데 거리낌 없이 자신의 잠을 줄이면서 자신의 이름으로 출간될 책을 한 권 집필하는데 30분도 투자 못 하겠다는 것은 정말 이해하지 못할 일이다.

사실 매일 30분씩, 꾸준하게 글을 쓰게 된다면, 일주일이면 210분이 된다. 그리고 한 달이면, 900분이라는 엄청난 시간이 된다. 900분이면 15시간이다. 한 달 15시간씩, 석 달만 투자하면 대략 50시간 가까운 시간을 글쓰기에 매진하는 셈이다. 매일 30분이라는 시간은 생각해보면, 상식적으로 충분히 낼 수 있는 시간이다. 나의 메모 습관처럼, 어느 순간 불현듯 떠오른 주제를 급하게 핸드폰으로 적기도 하고, 길 가다가 받은 광고지에 적기도 하면서, 자투리 시간을 잘 활용하면, 더욱 충분하게 사용 가능한 시간이다.

하지만 3개월이라는 시간이 꽤 길다고 생각하며, 다시금 포기하는 친구들도 있다. 하지만 나는 그 친구들에게 말한다. 오늘로부터 3개월 전, 만약 글을 쓰기 시작했다면 오늘 책 한 권이 세상으로 나올 수 있는 날이다.

직장인의 고충은 그렇다. 남의 일을 하기 위해, 자신의 시간을 버려야 하는 그들의 고충을 누구보다 이해한다. 하지만 가만히 생각해보면, 우리는 글쓰기를 업으로만 생각하는 때도 있다. 고로, 직장인이 글을 쓰는 것은 '투잡'이라고 생각하는 경향이 있는 듯하다.

하지만 글을 쓰는 행위를 '업'으로 단정하지 마라, 자신을 알려주고, 자신을 표현하는 좋은 수단인 동시에 어쩌면 용돈을 챙겨주는 아주 좋은 취미로 생각하면 더 접근하기 쉽다.

요즘 티브이를 틀면, 가수들이 드라마를 촬영하기도 하고, 배우들이 앨범을 내기도 한다. 우리는 공연하러 다니는 가수가 드라마 또한 촬영하고 광고 촬영하거나 책을 내는 일을 아무렇지 않게 생각한다. 하지만 그들도 그들의 시간을 쪼개며 자신들의 영향력을 행사하고 있다.

꼭 예능인들만 그렇게 자유롭게 자신의 업의 확장을 해야 하고, 직장인들은 타인이 만들어낸 굴레 속에 속해져서 자신도 들어내지 못하고 살아야 하나?

나는 낙숫물이 바위를 뚫는다는 말을 좋아한다. 실제로 그렇다. 한 번에 100장을 쓰는 일은 어쩌면 멋있게 보일 수도 있다. 하지만 가장 좋은 것은 꾸준함이다. 오늘 100장을 쓰고, 거기에 지쳐서 두 달 동안 글을 쓰지 않다가 두 달 뒤에 다시 100장을 쓰는 일을 반복하는 것보다 하루 3쪽씩 꾸준하게 써내려가는 것이 더 효과적이다.

나는 욕심이 많은 편이다. 그래서 하고 싶은 것도 많고 해야 하는 일도 많다. 그 하고 싶고 해야 할 일 중에는 가족과의 시간도 포함되어 있다. 하지만 글쓰기는 온전히 자기 자신과만 시간을 보내야 하는 행위이다.

아이들과도 함께 할 수도 없다. 그 때문에 나는 나 홀로 늦은 시간에 가족이 잠든 사이 글을 쓴다. 가끔 아이들이 보고 싶어 하는 어린이 애니메이션을 모니터 한쪽에 틀어주고 글을 쓰기도 하지만 어찌 됐거나, 글을 쓰는 시간을 홀로 확보하는 일은 쉬운 일이 아니다.

하지만 당신은 오늘이 흐르고 나면 다시는 쓰지 못할 어떤 한 내용을 잃어버리고 있을지도 모른다. 당신이 오늘 느꼈던 느낌과 상황 등은 다시 오지 않는다. 그 순간을 포착하여, 글로 남겨두고, 타인들과 공유하는 일들은 오늘이 마지막이다. 아쉽지 않은가? 당신의 인생에서 다시 오지 않을 하루를 이렇게 남의 일이나 거들다, 아무런 기록도 없이 흘려보낸다는 것이다.

책을 읽어야 하는 이유

"남의 책을 많이 읽어라, 남이 고생하여 얻은 지식을 아주 쉽게 내 것으로 만들 수 있고, 그것으로 자기 발전을 이룰 수 있다. – 소크라테스 Socrates"

사실 요리를 잘하기 위해서는 많이 먹어보는 것이 중요하고, 음악을 잘하기 위해서는 많이 들어보는 것이 중요하다. 글을 잘 쓰기 위해서는 당연하게도 많이 읽어보는 것이 중요하다. 하지만, 먹어보는 일, 들어보는 일, 읽어보는 일은 모두

Input에 해당하는 행위이다. 이는 정보에 대해 수동적인 태도로 취하는 것에만 초점을 맞추고 있다.

음식을 만들어 보지 않고 먹어만 본다고 당연히 요리 실력이 늘지 않는다. 음악을 해보지 않으면서 많이 듣는다고 음악 실력이 뛰어나 지지 않는다. 마찬가지로 많이 써보지 않고서는 글쓰기 실력 또한 늘지 않는다.

따라서 우리는 독서량을 늘리고 그 늘어난 독서량에 맞는 글쓰기를 부단히 지속해야 한다. 나는 초등학교 시절, 우연히 학교 숙제로 독후감을 쓰다가 남아있던 원고지 하나를 발견한 적이 있었다. 어렸을 적부터 악필로 유명했던 내가 글쓰기를 두려워했던 것은 당연했다. 하지만 원고지는 한 글자 한 글자를 또렷하게 적어두어야 하는 규칙이 있는 곳이었다. 나는 어렸을 적 내가 읽었던 '백범일지'에 관련한 독후감을 적어 넣었다.

처음 적었을 독후감을 적을 때에는 책에 관련한 내용이나 책의 요약을 주로 했지만, 시간이 지나면서 이 책을 사게 된 이유, 읽고 나서의 나의 사고의 변화 또는 내가 공감하는 부분에 관해 쓰기 시작했다. 나의 메모법과 같이 독서 노트는 형식에 구애 없이 자유로웠다. 그렇게 자유로워진 형식은 나에게 혁신적인 발전을 이루어 주었다. '이제 무얼 써야 하지?'라는 고민이 줄어들어 버린 것이다. 그 핵심에 읽었던 책을 두었을 뿐, 나는 그 핵심을 벗어나며, 마음껏 노 다니다가 다시 핵심으로 돌아오며 재미있게 글을 가지고 놀았다.

그러다 보니, 글의 양이 늘었다. 구매했던 200자 원고지를 다 사용한 나는 동네에 있는 문구점에서, 다른 원고지 하나와 딱 풀을 샀다. 그리고 앞에 쓴 원고지에 다음 쓴 원고지를 이어 붙이며 나의 독서록을 완성 시켰다.

결과적으로 이 독서록은 나중에는 꽤 두꺼워졌는데, 이때 내가 깨달은 사실이 하나가 있다. 사람은 '성취감'이라는 것 때문에, '중독'이나 '흥미'를 느낀다는 것이다. 쓸 글들이 원고지 하나 혹은 둘 일대는 그런 감정이 없다가 점점 두꺼워지는 원고지를 볼 때면 나도 모르게 또 다른 콘텐츠를 위해 글을 읽기 시작했다. 그리고 다시 원고지를 두껍게 만들기를 반복했다.

우리가 책을 읽어야 하는 이유는, 훌륭한 사람이 되거나, 머리가 좋아지기 위해서가 아니다. 사실 책은 '놀이'에 가깝다. 물론 화려하고 흥미로운 영화들도 많고 동영상이나 게임들도 넘쳐난다. 하지만, 그것은 오로지 나만의 것이 아니다. 정형화된 제품으로 많은 사람에게 같은 영상을 제공한다.

하지만 책은 조금 다르다. 읽는 사람이 그전 지식과 어떻게 배합하느냐에 따라, 같은 문체를 읽고도 여러 방향으로 생각하고 상상할 수 있다. 전에 읽은 책과 지금 읽은 책이 스스럼없이 얽히며 나만의 이야기로 재창조된다. 나보다 낫은 사람들의 이야기를 내가 편한 자세로 언제든지 들을 수 있다.

뭐가 되든 책 한 권을 제대로 집필하는 것은 쉬운 일이 아니다. 그런 의미에서, 어떤 책의 저자라 하더라도, 분명 보통 사람처럼 게으르거나, 아무 철학 없이 사는 사람은 아니라는 믿음을 나는 가지고 있다.

우리는 남들과 다른 그들에게서 잘 정돈된 지식과 경험을 전수한다. 그것이 우리가 책을 읽어야 하는 이유이다.

나는 빌 게이츠를 좋아한다. 그는 전 세계 최고의 부자에 있지만, 내가 그의 부에 대해서 부러워하거나 존경하는 의미로 좋아하는 것은 아니다. 그는 어렸을 적부터 대단한 독서광이었다. 오죽하면 그는 '오늘의 나를 있게 한 것은 우리 마을

도서관이었고 하버드 졸업장보다 소중한 것이 책을 읽는 습
관이다.'라고 말했다.

그의 독서 습관은 지금도 이어지고 있다. 그는 유튜브나 본
인의 블로그를 통해서 자신이 읽고 좋았던 책을 소개한다. 그
의 그 습관은 마케팅을 위해서도 아니고 돈을 벌기 위해서도
아니다. 그가 그런 자질구레한 돈을 벌려고 그렇게 소중한 시
간을 낭비할 리가 없다는 믿음에 나는 그의 글에 진정성을 본
다.

그의 글은 원래 자신이 읽은 책 앞 장에 자신이 책을 읽으
면서 느낀 점을 간략하게 적어두는 습관에서 시작했다고 했
다. 그렇게 책에 관해서 쓴 자기 생각과 글을 다른 사람들도
함께 공유하면 더 좋지 않을까 하는 그의 순수한 선의에 의해
많은 글이 지금까지도 소개되어 오고 있다.

참 아이러니한 일들이다. 컴퓨터를 전공하고, 그가 만든
PC 세계에서 오락과 게임에 빠지며 독서를 멀리하고 있는 많
은 사람이 있는가 하면, 그것 문화의 시작점에 서 있는 그가
이렇게 독서라는 시시한 취미에 빠져 있으니 말이다.

한 토크쇼에서 질문자가 물었다. "만약 딱 하나의 초능력

을 가질 수 있다면 어떤 걸 갖겠습니까?

토크쇼 질문자의 대답에 그는 웃으며 말했다. "글을 빨리 읽는 능력이요."

이렇듯 다독가들은 글 쓰는 일을 두려워하지 않는다. 남들이 해놓은 일들을 지켜보다 보면 나도 할 수 있지 않을까 하는 호기가 생긴다. 나의 글도 그렇게 시작했고 이 이후로도 나는 계속 글을 써가고 있다.

언제 쓰는 게 좋을까?

　사람은 살다 보면 무언가에 미쳐있을 때가 있다. 사실 어떤 걸 이루려는 방법은 간단하다. 노력하면 된다. 하지만 그것이 이루어지지 않는 건 더 간단하다. 우리가 단지 그것을 이루려는 방법의 방법을 찾기 때문이다. 살 빼는 방법은 덜먹고 많이 움직이는 것이다. 하지만 덜 먹는 방법과 많이 움직이는 방법을 고민하게 되고 다시 덜 먹는 방법에 대한 방법을 고민하고 많이 움직이는 방법에 대한 방법을 고민하게 된다.

　어떤 음식이 열량이 몇인지? 자전거를 타는 게 운동이 되는지? 빠르게 걷는 게 좋은지? 몇 시부터 몇 시까지 얼마나 움직여야 하는지? 먹기 전에 운동하는 게 좋은지? 운동 후에 먹는 게 좋은지? 등을 고민하는 것이다. 하지만, 그러는 방법은 그 방법의 방법을 찾게 되고 다시 그 방법의 방법을 찾으며 점점 쉽고 효율적인 방법으로 성공하려고 따지고 들게 된다.

하지만 기본으로 돌아가야 한다. 아침에 공부하는지와 저녁에 공부하는지는 중요하지 않다. 정말 절박하게 해야 할 일이 있으면, 밤에는 잠이 오지 않고 아침에는 일찍 눈이 떠질 것이다. 그럼 그때마다 하면 그만이다.

기억은 밤에 더 잘 정착된다고 한다. 자는 동안 뇌에서 하루의 기억을 저장하는 최적화 작업이 일어난다고 하는데, 이 부분에서는 베르나르 베르베르의 소설인 '잠'이라는 소설이 생각난다. 이 소설에서는 자는 동안의 뇌의 작용에 관해 이야기한다. 물론 소설을 가지고 근거로 삼는 것에 고개가 갸우뚱해질 수도 있지만, 사실 그의 소설은 뇌과학적 근거로 집필했던 흔적들이 있다. 그런 걸 보자면 밤이 훨씬 더 유리하다고 볼 수도 있다. 그의 소설에서는 소설 속 주인공이 잠을 자면서 꿈을 통해 공부하여 의사가 되는 장면도 매우 설득력 있게 나온다.

하지만 같은 책을 고르더라도 아침에 고르는 책과 저녁에 고르는 책이 다른 것처럼 우리의 생체 리듬에 맞는 감성이 존재하고 그 감성에 맞는 일을 하는 것이 중요한 것 같다. 아무래도 아침에 읽는 계발 서가 훨씬 마음에 와 닿고 저녁에 읽는 시가 더 감성에 와 닿는다. 필요 때문에 선택이 가능한 일이지 않을까 싶다.

휴식의 중요

나는 마음이 복잡할 때, '명상'을 한다. 명상하는 방법은 누구에게 제대로 배워 본 적은 없지만 스스로 조금씩 공부해 가고 있다. 책도 보고 유튜브를 찾아보기도 한다. 명상은 어찌됐건 나의 무의식 혹은 잠재의식 속에 존재하는 불순물을 확인하고 차분하게 가라앉히는 작업이다. 내가 샤워를 하는 동안에도 나의 머릿속은 샤워가 아닌 다른 작업을 위해 돌아간다. 내가 음악을 들을 때도 나의 머릿속은 음악이 아닌 다른 것들로 돌아간다.

아이들과 여행을 떠났다. 여행을 떠날 때 가방 속에 내 노트북을 함께 짊어지고 떠났다. 한참을 밖에서 놀다 보니 컴퓨터를 열어볼 세도 벗었다. 하지만 컴퓨터 백그라운드의 어떤 프로그램이 작동되었는지. 집에 도착해 있을 때 컴퓨터는 매우 뜨겁게 달궈져 있었다. 분명 나는 컴퓨터를 켜지도 않았고 아무런 프로그램도 작동하지 않았음에도 컴퓨터는 지금이라도 폭발할 듯 쿨러 돌아가는 소리를 내며 돌아가고 있었다.

'이걸 어떻게 하면 차갑게 할 수 있을까?'

그걸 알아보기 위해 '컴퓨터'를 켜고 인터넷을 검색한다면 아마 컴퓨터는 더 뜨거워질 뿐이었다. 컴퓨터가 식기를 바라기 위해선 그저 선선한 공기가 있는 곳에 차분하게 놓아두고 기다리는 일뿐이었다. 바로 차갑게 하려고 냉장고에 넣어 둘 수도 있다. 하지만 어찌 됐건 이것이 차갑게 식기 위해서 할 수 있는 일이라고는 조용히 기다리는 일뿐이다.

우리는 아무런 일을 하지 않아도 뜨겁게 달궈지는 컴퓨터처럼, 별일 없는 것 같은데도 무의식은 아주 복잡한 백그라운드 프로그램을 돌리는 것과도 같다. 그리고 그것을 식히는 가장 좋은 방법은 그저 기다리는 일이다. 내가 알기에도 명상은 기다리는 일이다. 그저 눈을 감고 내 머릿속 시끄러운 백그라운드 프로그램이 멈추길 기다리는 일이다. 아무런 생각을 하지 말아야 지란 생각조차 할 필요가 없다. 아니, 해도 좋다. 다만 하지 말아야 한다는 생각을 할 필요가 없다. 할 필요가 없다는 것과 하지 말아야 하는 것은 다르다. 우리는 떠오르면 떠오르는 대로 그냥 두고 지켜보기만 할 뿐이다. 하지만 앞서 말한 대로 더 빨리 식히는 방법에는 냉장고나 에어컨의 도움이 필요하기도 하다.

명상 음악이 있다. 명상할 때 집중 하기 좋은 향도 있다. 이처럼 더 깊은 명상을 위해 주변 도움을 받을 수 있다. 아주 기본적인 스스로 가라앉도록 기다리는 일에 방해가 되지 않는 선에서 우리는 청각과 후각 촉각을 통해 명상을 더 심오하게 할 수 있다. 하지만 인간은 시각에 굉장히 자극을 많이 받는 동물이다. 끔찍한 일을 보고서 그날 밤 잘 때는 눈앞에 잔상이 남아 악몽을 꾸기도 한다. 이처럼 잔상을 남기는 것은 무의식으로 들어가는 가장 좋은 통로이다. 그 통로의 입구 중 가장 예민한 감각 중 하나가 시각이다.

'명상하다(Meditate)'라는 라틴어에서 '중심으로 들어가다'는 뜻이 있다고 한다. Middle(가운데), Medium(중간), media(매체)와 같이 med~로 시작하는 단어는 대체로 중심을 뜻한다. 흔들흔들하는 '추'가 있다고 해보자. 이것이 좌우로 심하게 흔들 때 우리는 어떤 행동을 취해야 할까? 기다려야 한다. 결국은 이랬다저랬다 흔들리는 내 마음을 가운데로 모으는 작업이 바로 Meditate 즉, 명상이다.

이처럼 우리에게 휴식을 취하는 일은 몹시 중요하고 그러한 휴식과 명상을 대체 해주는 좋은 취미는 글쓰기로 시작한다.

지켜보는 일

나는 어째서 신이 레오나르도 다빈치의 재능을 여러 사람이 아닌 한 사람에게 몰아줬는지 알고 있다. 사람은 호기심과 열정이 있는 사람과 다만 그것이 없는 사람이 있다. 열정이 있는 사람은 다방면으로 특출할 수밖에 없다. 신이 재능을 한 사람에게 몰아준 것이 아니라. 다만 한 사람에게 호기심과 열정을 주었을 뿐이다. 정말 바쁜 사람들은 그보다 덜 바쁜 사람보다 더 많은 일을 해낸다. 그것이 핵심이다. 바쁘다고 하며 핸드폰을 들여다보거나, 바쁘다고 하면서 주말에 TV 앞 소파에서 빈둥거릴 시간을 줄일 수 없다면 인생의 다양성은 즐겨보지 못하는 셈이다.

물론 '명상 따위에 관심 없다!'라고 하는 사람들이 많을 수 있다. 나 또한 굉장히 오랜 시간을 그렇게 살아왔다. 그런 사람들에게 이 책은 사이비 같다고 느낄 수도 있다. 하지만 나와 비슷한 생각을 하는 사람이라면 반드시 좋아할 만하다. 마음 챙김 즉, 심리 풀 니스(mindfulness)를 하다 보면 결국은 종교적으로는 '불교'를 배제할 수 없게 된다. 이런 이유로 명상 대신에 기도를 권하는 사람들도 많다. 하지만 '신'을 믿으라는 의미는 명상이나 수행에 전혀 개입돼 있지 않다. 기독교, 천주교 할 것 없이 배울 수 있는 좋은 생활 습관이라고 생각한다.

세상에는 하나의 우주가 있지만 사람 수 만큼의 소우주가 있다는 말이 있다. 우리가 모두 경험한 세상이 다르므로 그것을 통해 확립된 가치관과 신념이 다르다. 그런 시선으로 세상을 바라보기 때문에 모든 우주는 달라진다. 탐험가에게 세상은 정복해야 할 대상이고 기업가에게는 마케팅할 대상이다.

사람들이 보는 눈이 다 다르고 경험과 생각이 다르다. 모두의 우주가 다르므로 누구의 우주가 더 완벽한지 비교할 수 없다. 모든 우주는 서로 완벽하다. 나의 우주만이 완벽하다는 착각을 벗어나야 한다. 원효 대사의 해골 물처럼 모든 것은 마음에 있다. 불교의 일체유심조 사상과 일맥 한다. 우리를 기쁘기도 하고 불쾌하게도 하는 것은 눈, 귀, 코, 혀, 피부와 같은 감각기관과 대상이 의식이 만났을 때의 느낌 때문이다. 밖에서 아무리 비바람이 몰아치고 전쟁이 터지고 지옥이 펼쳐져도, 나의 눈, 귀, 코, 혀, 피부가 그것을 깨닫지 못하면 평화스러운 것이다. 모든 것은 인식에 달려있고 그 인식을 받아들이는 입구인 감각 때문에 조절된다. 이런 감각은 결코 객관적일 수 없다. 그 때문에 우리가 인지할 수 있는 시각화가 필요하다. 감각을 시각화함으로 우리는 바라보기를 여러 측면으로 가능하게 된다.